妖孽王子的救國日常
2
跨越百年的約定
草草泥 著
喵四郎 繪

序章

很久以前，有個神祕的國家叫哥雷姆國。在這個國度裡，你會看到木頭做的鳥兒在天上飛翔，石頭雕刻而成的馬在路上奔馳，人們與雕像結伴同行，無論走到哪，漫天都飄舞著花瓣，牆上攀附著荊棘與魔花。

有人說這裡是邪教之國，因爲當地居民會祭拜魔像，在家裡畫看似血淋淋的魔法陣，街道上還能見到戴著無表情的面具、全身罩在斗篷裡的魔紋師，身旁跟著一堆死氣沉沉的魔像。

有人說這裡是童話之國，因爲當地居民熱情好客，不吝於與異國旅人分享佳餚美酒，走在街上，一眼望去繁花似錦，孩子們拉著木偶一起唱歌跳舞，身著精緻鎧甲的騎士會摘取嬌豔的花朵，獻給他敬愛的女士。

有關哥雷姆國的事蹟眾說紛紜，唯一可以確定的是，這個國家有位俊美絕倫的王子，人人皆說他才華洋溢、溫文儒雅，還擁有一顆純淨善良的心。

哥雷姆國的居民深愛著他們的王子，許多有幸一睹王子風采的異國旅客也皆被王子的魅力所擄獲。

人們總是喜歡美好的事物，包含怪物魔法師也是。

爲了得到王子殿下，怪物魔法師毀滅了整個哥雷姆國，將王子封印在水晶棺木裡，小心翼翼地藏於城堡深處，不讓任何人窺見。

他愛得深刻，卻不知該如何是好，只知道自己無論如何都不能放手。

因爲一旦放手，故事就注定不會有幸福快樂的結局。

「亞倫……」魔法師站在城堡花園的水池邊，輕聲呢喃著王子殿下的小名。他的語氣就像在對珍重至極的寶物說話，無比呵護且小心翼翼。「不要躲我，讓我知道你在哪。」

話音剛落，他單膝跪下，將手伸向了水池。平靜無波的水面泛起陣陣漣漪，伴隨著幽幽藍光，隨著時間一分一秒過去，水面有如鏡子一般，映出那張令魔法師魂牽夢縈的面孔。

俊美的王子殿下正笑得開心，他坐在載滿稻草的牛車後座，眺望著綿延不盡的田園小路，心情很好地晃著腳，拉了拉躺在他身旁、整個人陷進稻草堆中的男子。

男子翻了個身，顯然不太樂意理會，在王子殿下幾番拉扯之下，男子才心不甘情不願地緩緩坐起身，抓抓頭髮，打了一個大呵欠。

當看到男子的臉時，魔法師猛然站起來，瞪大了雙眼。

「穆恩？」他幾乎是咬牙切齒地吐出這個名字。「怎麼可能？」

他忍不住握緊拳頭，神色變得猙獰恐怖。

就算再怎麼不敢置信，他也不可能會錯認那張可恨的面孔。

在他的記憶中，這個人曾無數次帶著殘酷無情的笑容，將整座艾菲爾大陸化爲人間煉獄。

穆恩會戴上哥雷姆的王冠，命令魔像抹殺所有不服從他的人。魔法師還記得，穆恩成爲國王後，第一個血祭的就是自己的祖國，這個暴虐無道的男人率領無數紅紋魔像，將自己的故鄉化爲了火海。

這份令眾生畏懼的權勢與力量，自然是從亞倫那裡奪來的。魔法師與穆恩交手過好幾次，絕對不會忘了這件事。

所以他對穆恩恨之入骨，恨不得立即殺死對方。

「明明命運已經被我修改了，爲什麼你還是找上他，爲什麼……爲什麼！」魔法師憤怒地咆哮，平靜的水面被這聲蘊含力量的怒吼掀起大片水花。

「亞倫……等我。」他的雙眼布滿血絲，望向了遠方，心中的執念近乎瘋狂。「這一次，我一定會拯救你。」

第一章

溫煦的陽光灑落在一望無際的原野上，綠油油的草地被晒得閃閃發光，當夏日裡的微風溫柔地拂來時，能聞到撲鼻的青草香氣。

牛車不緊不慢地在路上行駛，前座駕車的農夫昏昏欲睡，身子一晃一晃的。坐在農夫身旁的小木偶看了下，決定把轠繩從農夫手中奪走，自己駕駛，而遲鈍的農夫沒注意到，就這麼安然進入了夢鄉。

車上除了木偶與農夫，還載著成堆稻草，以及怪物王子與沒心肝騎士。

「你說，我們會不會在阿德拉鎮遇到冒險者？」王子殿下已經等不及抵達城鎮，爲了滿足自己的好奇心，他毫不留情地打擾夥伴的美夢，強行把對方從舒適的稻草堆中叫醒。

「誰知道啊？」在冒險者公會打滾好幾年的穆恩打了個哈欠，心情不是很好。「我跟你講，你不要對冒險者有太多幻想，大多數的冒險者手腳都不怎麼乾淨，他們會擅闖空屋竊取錢財，爲了利益什麼都做得出來。」

「所以如果我們要僞裝成冒險者，也要打劫別人嗎？」

穆恩不太懂王子殿下的腦迴路，他以爲亞倫會想指責那些冒險者。

見穆恩不怎麼理解的樣子，亞倫好心解釋：「我現在不是王子殿下，而是你的冒險者夥伴，一個從小住在國境外的魔紋師公子哥。」

「對，除了畫畫以外什麼也不會的公子哥。」

「我還會和人打交道。」

「你那不叫打交道，叫調戲。不分男女老少狂撩，恨不得全天下人的目光都黏在自己身上。」穆恩伸出食指用力點了點亞倫的額頭，逼得亞倫往旁挪了下。「先說好啊，到了阿德拉鎮別亂搞，專心做你的事。去那裡的冒險者都是結伴同行，你撩了他們的夥伴，說不定會引來其他隊友的嫉妒，我可沒興趣替你擦屁股。」

「沒關係，你只要負責保護我就好。」

「這就是替你擦屁股的意思好嗎？你不要以為換句話說我就聽不出來！」

牛車忽然停了下來，兩人身子一晃，這才發現已經抵達阿德拉鎮外的農莊。

牛車一停，農夫也跟著醒了，並後知後覺地意識到牛車不知何時已由魔像代駕。他茫然了一瞬，隨後聳聳肩，很自然地接受了這個事實。

「到達阿德拉鎮了，魔紋師大人。」農夫跳下牛車，恭恭敬敬地對亞倫指了個方向。「阿德拉鎮就在那裡，鎮上有供食宿的酒館可以讓冒險者落腳，進了鎮後隨便找個人問路就能找到地方了。」

「謝謝。」亞倫點點頭，露出無懈可擊的社交用笑容，農夫一時看傻了眼，呆頭呆腦地跟著點頭，直到亞倫為艾爾艾特穿戴好斗篷，珍惜地將木偶抱在懷中緩步離去後，農夫才恍恍惚惚地移開目光。

穆恩回頭瞄了農夫一眼，忍不住嘖了一聲。

他就是倒楣，偏偏跟帥到人神共憤的王子殿下結伴，在這之前他也算受歡迎的，雖然在同行間名聲差了點，好歹異性緣也不賴，旅途中青睞他的少女兩隻手都數不過來。

如今那些輝煌戰績完全變成了過去式，在王子殿下身邊，他徹底成了襯托鮮花的綠葉。這位以外貌出名的王子一顰一笑都能使周遭的人如遭電擊，無論走到哪都是目光焦點。

就像現在，農莊裡的女孩們全跑了出來，目光發直地盯著亞倫，還看得臉都紅了。

只有穆恩曉得，亞倫那俊美的外表之下藏著數不清的祕密。

「我從以前就一直夢想有天能拜訪阿德拉鎮，如今終於實現了。」亞倫等不及了，他一把拉住穆恩，加快了腳步。

「你是要帶我去哪？剛剛那個農夫都給我們指路了，爲什麼你還是能往另一個方向走？」阿德拉鎮就在不遠處，亞倫卻走向農莊的馬廄，方向感一如既往好得令人絕望，於是穆恩也一如既往地反牽住亞倫的手，把人帶往正確的方向。

「在滅國以前，阿德拉鎮就是頗受觀光客歡迎的城鎮。」亞倫無視穆恩的吐槽，繼續說他的。「許多著名的騎士都出身自阿德拉鎮，像是人類英雄賽西羅，以及魔像英雄加克……阿德拉鎮的居民富有浪漫情懷與崇高理想，當年吸引了不少吟遊詩人造訪……」

「眞是謝謝你的說明啊，雖然我對這些事一點興趣也沒有。」

「說話如此直接，穆恩閣下果眞是憑實力單身。」

這句話戳到了穆恩的痛處。到底是因爲誰他才沒人緣的！

穆恩猛然停步，轉到亞倫面前，指著對方的鼻子喝斥：「你這單身百年的傢伙有資格說我嗎？我告訴你，不是所有人都吃你那一套，別以爲自己走到哪都能無往不利，對你沒興趣的人多的是。」

亞倫挑起一邊眉頭，朝穆恩走近一步，兩人的距離幾乎近到只要王子殿下伸出手，便能抱住穆恩。

他仰頭看著穆恩，臉上帶著狡黠的笑容。「那，穆恩閣下要來比嗎？」

「比什麼？」

「比我跟你，誰更受歡迎。」亞倫的聲音輕柔得有如在愛人耳邊呢喃，讓穆恩渾身起了雞皮疙瘩。

這人可眞是把他看扁了。

他也不是吃素的，對於這種仗著長得好看就爲所欲爲的妖孽，他自有應對方法。

「要比就來比啊。」穆恩一手插在腰間，毫不畏懼。「但規則由我來定。反正你這麼有自信，不管我訂什麼規則你都有辦法贏吧？」

「願聞其詳。」亞倫笑咪咪地說。

「我們輪流指定對方做一件事來證明自己受歡迎，如果失敗就要聽從對方的命令，當眾在酒館做一件糗事。敢玩嗎，殿下？」

「穆恩閣下都說到這分上了，我也只能接招嘍。」亞倫重新拉開距離，語氣優雅從容，臉上卻有著掩藏不住的興奮。

小木偶艾爾艾特拉了拉亞倫的袖子，雖然他面無表情，不過不妨礙亞倫解讀他的心緒。面對艾爾艾特的不贊同，亞倫笑著說：「別擔心，只是個小遊戲。」

艾爾艾特明白自己阻止不了亞倫，只能洩憤似的踢了穆恩一腳，可惜被穆恩閃開。

「等等到了阿德拉鎮由我先指定，讓你了解一下該怎麼玩。」

亞倫點點頭，他笑得眼睛微瞇，像個要去遠足的小孩般，迫不及待地催促穆恩：「那我們快走吧。」

看著亞倫開心的模樣，穆恩決定等會一定要選個特別難的目標讓他難堪。

✢

縱使哥雷姆國已經毀滅百年，仍舊有人民倖存下來，因此那些一度傾頹的城鎮終有一天能逐漸回復原本的樣貌。

阿德拉鎮便是如此，百年過去，這個城鎮的景象依舊和亞倫在書中看過的一樣，斑駁的米白牆面攀附著荊棘與紅色魔花，走在鋪著石磚的街上能聞到撲鼻花香，陽光與微風在巷弄間流連，鎮上的居民們神情愉快，彷彿滅國之災從不曾降臨。居民們在街道兩側架起一個個小攤位，以美麗的魔花與可愛的木偶點綴，攤上擺著各式各樣的生活用品。

當亞倫與穆恩踏入鎮裡時，發現路上有不少人隨身攜帶武器，穿著打扮就像個風塵僕僕的冒險者，那些人熟門熟路地穿梭在攤位之間，而攤販們也對那些人畢恭畢敬。

如此多的冒險者讓亞倫睜大眼睛，他抱緊艾爾艾特，眼神閃閃發亮，指著冒險者們說：「那些人都是你的同行嗎？」

「看起來是這樣。」穆恩沒想到這裡會有這麼多同行，表情有點鬱悶。

「哎呀，是冒險者嗎？歡迎來到阿德拉鎮，要不要嚐嚐哥雷姆國的知名點心？」當他們經過某個攤位時，小販熱情地拿了一盤小點心遞到穆恩面前。

穆恩是第一次見到這種點心，一片片花瓣外頭包裹著凝固的褐色糖蜜，在盤子上堆疊成一座小山，因陽光的照耀而透著琥珀色光芒，顯得繽紛可口。

「是花瓣糖！」亞倫立刻湊過來，渴望的表情一覽無遺。

「沒錯，很內行嘛，要試吃一片看看嗎？」小販很高興有人能認出這種糖，轉而將盤子遞向亞倫。

亞倫猶豫了下才拿起一片，將之含入口中。

瞧亞倫滿足的表情，穆恩不禁微微心動，但最終他仍婉拒了小販的好意，他還是覺得吃花太詭異。他強行拉著亞倫離開，否則再待下去的話，他怕亞倫會把所剩不多的旅費全拿來買糖。

「你不是不能吃東西嗎？這玩意兒能吃？」

「我可以含到它融化。」亞倫一邊含著糖一邊回應，一副喜孜孜的樣子，讓穆恩難以理解。

見穆恩滿臉納悶，亞倫主動解釋：「以前母后說這是沒營養的垃圾食物，所以不准我吃。」

身為王子殿下，食物皆必須經過層層篩選才能送到亞倫面前，因此這類便宜的庶民點心幾乎不會出現在他眼前，很難有機會吃到。

時隔百年，如今居然能在阿德拉鎮見到這種糖，當亞倫把糖含進嘴裡時，小時候偷吃糖被母后責罵的回憶隨著舌尖上的甜味清晰湧現，令他捨不得糖果融化。

「你應該試一顆看看，挺好吃的。」

「免了，我對吃花沒興趣。」穆恩一點也不想仿效，即使做成糖果，花瓣依舊是花的一部分。

街上洋溢著過節般的氛圍，街道另一頭傳來悠揚的長笛聲，熟悉的歌謠喚醒了亞倫的其他記憶。他的嘴角勾起弧度，循著樂音走到了城鎮廣場。

兩名樂手坐在長椅上，姿態愜意，穿著簡樸的男子手持長笛吹出優美的曲調，旁邊的夥伴則拍著鼓，配合旋律哼唱出古老的歌曲，而一名吟遊詩人抱著豎琴站在他們面前，聚精會神地聆聽。

「聽好了啊，這首歌是我們阿德拉鎮最耳熟能詳的歌謠。」另一位同樣拿著樂器的長鬍子大叔在旁邊替吟遊詩人講解。「這首歌叫〈英雄加克與賽西羅〉，描述——」

「描述魔像騎士加克與他的劍術老師賽西羅的故事。」亞倫十分自然地插話，接著說了下去。「當時賽西羅是哥雷姆國最厲害的劍術大師，無數人都渴望向他拜師學藝，然而賽西羅的標準極高，誰都入不了他的眼。直到某天，他親眼目睹魔像騎士加克一劍劈開了瀑布，從此加克便被收為親傳徒弟。後來，加克成為哥雷姆國史上第一位魔像軍官，率領士兵贏得大大小小的戰役，傳說他的劍術出神入化，連岩石都能劈裂。他強悍而忠誠、慈悲而寬容，於是人們給了他一個稱號——魔像英雄加克。」

亞倫的目光飄向某個地方，眾人也隨著他的視線看向了佇立在廣場中央的那座石像。

雕工精細的石像生動地還原了加克的英姿，它遙望前方，身穿哥德式鎧甲與披風，一手放在懸掛於腰間的劍上，站姿筆挺，威風凜凜。

「這位兄弟，你很熟悉啊。」長鬍子大叔毫不在意被搶了風頭，反而相當開心，友好地拍了拍亞倫的肩膀。「連我都不知道英雄加克能劈裂岩石，兄弟你一定是本地人了。」

亞倫笑而不語，兀自朝吟遊詩人開口：「謝謝你願意學習我們哥雷姆國的歌謠。」

先前在哥雷姆境外的城鎮時，他就聽過吟遊詩人唱關於哥雷姆國的歌曲，但那首歌明顯是異國曲調，不是道地的哥雷姆歌謠。在滅國以前，哥雷姆國的藝術風氣興盛，從上流社會到平民階層都流行繪畫與音樂，光是魔紋畫法就分為好幾個流派。亞倫曾經擔心滅國之後，這些珍貴的文化會隨之埋葬在歷史的洪流中，幸好沒有。

吟遊詩人搖搖頭。「別這麼說，你們國家的歌謠與故事可是我們吟遊詩人的瑰寶，有多少人想聽都還聽不到，好在我運氣算是不錯，勉強穿越了荊棘林爬進你們國家，才有幸聆聽這些歌謠。」

吟遊詩人注視著英雄加克的雕像，眼神充滿憧憬。「真想親眼見見那位魔像英雄，能夠劈開岩石和瀑布，簡直是注定要成為傳奇的存在。」

「傳說這種東西就是訛以傳訛，怎可能這麼神。」這時穆恩發話了，卻一開口就毫不留情潑人冷水。他仔細打量雕像，那凜然的身姿使他的心莫名揪了下，連他自己也不清楚原因。

八成是石像雕得太過生動，活像把人們心中對騎士典範的想像具現出來一般，令他看得不太順眼。他雖然自稱騎士，卻始終很難相信真的有人能活得像個騎士。

「哥雷姆國的王子都能沉睡百年了，魔像能劈裂岩石和瀑布也沒什麼奇怪的吧？」亞倫笑著拉回穆恩的注意力。

「就是啊，我們阿德拉鎮可是有許多關於英雄加克的文獻，連加克經歷過多少場戰役也記載得清清楚楚。」旁邊幫忙伴奏的一位居民出聲附和，其他人跟著點頭，對穆恩的反應相當不滿。

「有相關文獻嗎？」一聽到這句話，吟遊詩人的雙眼亮了，他的創作之魂在蠢蠢欲動。「請問哪裡看得到呢？」

「這你就問對人了，咱們這有個小圖書館，你等等走到那條街左轉——」

趁著居民們熱心地為吟遊詩人指路之際，亞倫拉著穆恩離開了。

「阿德拉鎮的居民崇拜英雄加克，所以你最好別在他們面前說出貶低加克的話。」亞倫叮囑。「加克當年深受人民喜愛，還曾被選為年度最想嫁的老公前十名。」

聞言，穆恩立刻往旁邊與亞倫拉開好幾步距離，崩潰地說：「想跟魔像結婚的人不是只有你而已嗎？搞了半天，原來你們國家的人全都想跟魔像結婚，根本有病！」

「嫁給魔像有什麼問題？每當加克騎著駿馬行經街道時，街上總是有許多人喊他的名字，他可是哥雷姆國獨一無二的國寶級魔像，擁有全天下最完美的魔紋。」

「我懷疑那個年度老公票選你也有投給他，感覺就是你會做的事。」

亞倫一秒轉頭看穆恩，表情帶著些許驚訝。

「你說的對，我也可以跟著投的，那時怎麼沒想到？」

穆恩無語了一會後，指著亞倫的鼻子，神情凝重。

「我警告你，你要是娶一個魔像，就真的要變成人人討伐的邪教王子了。」

穆恩的腦海中浮現亞倫挽著一名抱著頭盔的無頭騎士，一臉幸福向民眾宣示這是自己的伴侶的畫面，頓時覺得毛骨悚然。這絕對會被外國人當成異類，好險亞倫當年沒這麼做。

初至這個城鎮，他們也不急著尋找落腳處，而是花了一整天在鎮中走走逛逛。與寧靜祥和的奧爾哈村不同，阿德拉鎮顯得熱情洋溢，居民們熱愛音樂，對各式各樣的哥雷姆歌謠朗朗上口。街上不時可以看見穿戴盔甲的騎士，作爲人類英雄賽西羅與魔像英雄加克的故鄉，這裡又名騎士之鎮，從以前就吸引不少慕名而來的騎士與劍術愛好者。

直至日暮時分，遠方傳來的樂器演奏聲漸漸停歇，小販們十分有默契地同時收拾起攤位。

喧鬧聲轉眼消失在街道，居民們迅速返家，鎖緊大門、關上窗戶，厚重的窗簾掩住家家戶戶的燈火，一瞬間，整座城鎮鴉雀無聲，古舊的街道幾乎被黑暗籠罩，唯有魔花散發著詭異紅光。

「怎麼搞的？太陽一下山這裡就變成一座死城？」穆恩站在空曠的大街上，納悶地環顧四周，感覺安靜得連根針掉在地上都聽得見。依據他的經驗，此等規模的城鎮晚上不該如此安靜，即使有宵禁也一樣。

他看向自家隊友，亞倫搖了搖頭，表示自己也不明白原因。

「咦，你們迷路了嗎？」就在此時，白天與他們有一面之緣的吟遊詩人碰巧經過，他友善地說：「先去酒館歇歇吧，這座城鎮的居民懼怕夜晚的降臨，入夜後只有酒館會營業。」

「爲什麼害怕夜晚？」這句話是亞倫問的，在他的印象中，哥雷姆人從不畏懼黑夜，就算是三更半夜，依然可以見到信徒在教堂膜拜魔像之神。

吟遊詩人左顧右盼，而後一手遮在嘴邊，悄聲說道：「你們不知道嗎？這個城鎮存在著『惡魔』。」

穆恩哼了一聲，嘲弄地說：「惡魔？你說王子詐屍從棺木中甦醒我還比較信。」

「我也不相信，說不定惡魔的眞面目是某個道貌岸然的騎士也說不定。」亞倫不甘示弱地笑著回擊。

吟遊詩人沒聽出這兩人之間的明爭暗鬥，語氣依舊小心翼翼。「是眞的，當黑夜來臨時，惡魔就會現身，襲擊落單的路人或動物，已經有不少居民和牲畜遇害了。傳說惡魔有一對血紅色的眼睛，渾身帶刺，叫聲如野獸一般……鎭上的居民們畏懼他，冒險者們追逐他，他是這個騎士之鎭的噩夢，人們稱之爲——阿德拉惡魔。」

雖然亞倫從小住在城堡中，從未踏出城外一步，但他曉得這世上確實有怪物存在，例如哥雷姆人熟悉的魔像也是怪物的一種。

照理說，哥雷姆國不該存在魔像以外的怪物，因爲魔像太過強大，任何怪物踏入這個國家皆會被魔像殺死，所以亞倫在沉睡之前，從未見過魔像以外的怪物。當他聽說阿德拉惡魔的存在時，反應是錯愕的，而穆恩倒是十分冷靜。

「我就知道這裡一定出了什麼問題，不然不會聚集這麼多冒險者，有麻煩的地方就有我的同行。」

在吟遊詩人的指引下，兩人成功找到了酒館。酒館坐落在荒涼街道的一隅，在夜色中靜靜透出溫暖的火光，指引迷途的冒險者們。

他們遠遠就聽見酒館內傳來冒險者們的喧鬧聲，與當地居民不同，視危險爲日常的冒險者們在這種情況下反而更爲興奮，大笑著的他們嗓音帶著醉意，彼此談論著過去經歷的種種冒險。

亞倫被熱鬧的氛圍所吸引，步伐越發輕盈，穆恩則是不太情願地跟上。當兩人進屋時，一群冒險者的交談聲吸引了他們的注意力。

「阿德拉鎮的怪物算什麼？天底下哪有我們阿泰解決不了的東西。」

「就是說，我們阿泰很厲害的。」

酒館的中心坐著一桌男女——更確切地說，是兩女一男。從他們的穿著打扮與武器可以輕易判斷出職業，其中一名女子身旁擺著一把長弓，另一名女子則穿著白色長袍，手持法杖，而被她們投以傾慕眼神的男子體格精壯，腰間掛著入鞘的長劍。

「別那樣說，我只是比其他同行幸運了點，僥倖解決過幾隻難纏的怪物，沒妳們說的那麼厲害。」男子無奈地笑了笑，態度謙虛。

「老闆你別聽他的，我們阿泰可厲害了，他在冒險者公會裡是數一數二的強者呢！」少女弓手似乎喝多了，臉頰紅通通的，她一拍桌子站了起來，以整個酒館都聽得見的音量大聲炫耀。

見狀，穆恩不禁「啊」了一聲。

「你認識？」亞倫一看穆恩的神色就覺得有戲。

「當然，那傢伙在冒險者公會算有名的，砍過不少怪物的頭顱，不過嘛……」穆恩摸了摸下巴，語氣耐人尋味。「我見過他戰鬥的樣子，實力只能說普普通通吧，會這麼出名，多半是他的劍帶來的功勞。」

亞倫的視線跟著穆恩一起落到男子的長劍上。

「我們阿泰可是有個響亮的稱號，炎劍泰歐斯，聽過沒？我敢打包票任何一個同行都聽過他的稱號！」少女弓手繼續嚷嚷，她環視酒館一圈，目光鎖定了站在門口的穆恩。

她伸出食指，所有人的注意力也轉向穆恩。

「不信你們問他，這傢伙一看就知道是我們的同行，他一定聽過阿泰！」

周遭一下子變得鴉雀無聲。

在這之前，酒館裡的人們確實都將焦點放在名爲泰歐斯的劍士身上，可是見到穆恩與亞倫後，在場眾多冒險者頓時懷疑自己是否眼花了。

有人揉揉眼睛，有人瞪大雙眼，有人則捏了自己一下，確認自己沒看錯。畢竟在他們的認知中，那個惡名昭彰的騎士不可能會來到此地。

性格囂張跋扈的穆恩從不避諱說出自己的眞心話，他在同行間小有名氣，因此不少冒險者都曉得，穆恩始終對於來哥雷姆國冒險嗤之以鼻。

這就是穆恩不想見到這些同行的原因，他出現在這裡，無疑是在給過去的自己啪啪打臉。

「問你呢？」亞倫輕聲提醒。

「啊？」穆恩這才回過神來。他看向亞倫蔚藍的雙眼，內心不禁萌生一股堅定。

沒什麼好丟臉的。

於是他勾起嘴角，爽快地回答了少女弓手的話：「沒聽過。」

氣氛瞬間凝滯，靜默的酒館內只隱隱聽得見亞倫努力壓抑的笑聲。

「這不是穆恩嗎？」最後是由泰歐斯主動打破尷尬的局面，他臉上的笑容略顯扭曲，語氣僵硬地問候穆恩。「眞是稀奇，居然在這裡看到你。我們以前曾經一同剿滅巨型蜘蛛巢穴，你忘了？」

最末三個字他幾乎是咬牙切齒地講出來，可惜穆恩的稱號是無良騎士，臉皮說有多厚就有多厚。

「我當然記得自己討伐過巨型蜘蛛巢穴，不過早就忘了當時是跟誰組隊了。抱歉，我這人記性不太好，對不出色的隊友很難有印象。」

此話一出，場面更尷尬了。

見狀，亞倫跳了出來打圓場，他面帶微笑，一邊推著穆恩走到角落，一邊賠罪：「不好意思，我的夥伴記性本來就有些差，再加上他這幾天太累，可能一時忘了。像閣下如此英俊挺拔的劍士，一般人都會留下深刻印象的。」

話雖這麼說，但由他來稱讚別人英俊挺拔實在沒什麼說服力，畢竟跟泰歐斯一比，任誰都會認爲亞倫比較英俊。

這段插曲過後，酒館裡的氣氛不再和先前一樣熱絡，只剩下竊竊私語聲。

「我要更正我說的話，穆恩閣下果眞是憑實力沒朋友。」找了個不起眼的角落入座後，亞倫第一句話便是如此。

「什麼沒朋友？我也是會挑朋友的，泰歐斯那種人就不必了。」穆恩雙手抱胸，瞥了下表情難看的泰歐斯。「我們組隊的時候他可是看都懶得看我一眼，只顧著哄隊裡的女人。」

「你這是在埋怨人家不哄你嗎？怪不得你會跟我組隊，因爲我都會哄你。」亞倫的眉眼間帶著笑意。

穆恩瞇起了眼。

「很會哄是不是？」穆恩傾身向前，勾了勾手指，示意亞倫靠過來一點。「那你去哄他啊，看到那傢伙的臉色了沒？」

他湊到亞倫耳邊，兩人靠在一起，猥瑣猥瑣的，一副要幹壞事的樣子。「不是想跟我比誰比較受歡迎嗎？你的機會來了。那傢伙心情正差，你去把他哄得服服貼貼，讓他請你一杯酒，就算你過關。」

對於這個難題，穆恩頗有信心，他就不信亞倫能成功收服分明對同性沒興趣的大直男泰歐斯。

亞倫挑起一邊眉頭，他盯著穆恩，似乎是在思考自己是否被刻意刁難了，但穆恩的神情擺明了告訴他這已經算簡單的挑戰。想了想，他最後還是決定相信自己的魅力。

「記住啊，一定要讓他請你，其他隊友請可不算。」眼看亞倫站了起來，穆恩連忙提醒。

亞倫回頭對他微微一笑，沒說什麼，從容地走到泰歐斯的桌旁。

「不好意思，剛剛我的夥伴給你們帶來困擾了，讓我請你們喝一杯表達歉意吧。」亞倫一臉歉然，做出掏錢的動作，然而他掏到一半便面露錯愕，又從錯愕轉爲困擾，隨後流露出沮喪。

他豐富的表情變化引起泰歐斯一行人的注意，尤其是兩位少女。

「怎麼了？」少女祭司率先開口，神情擔憂。「那個，如果有困難的話不必特地請我們喔，你的好意我們心領了。」

「謝謝妳……對不起，我現在才想起來，爲了來到阿德拉鎮，我身上的旅費已經所剩無幾了。」亞倫爲難地說，在她們讓出空間方便他靠近講話時，很自然地拉了把椅子插進兩人之間坐好。

他難受的樣子立刻獲得了兩位少女的關心。

「不然乾脆我請你吧？」經過剛才那段令人尷尬不已的風波，少女弓手的酒也醒得差不多了。她一手搭在亞倫肩上，準備伸手招女侍過來。

「不用了。」亞倫連忙把她的手拉下來，隨後看向滿臉鬱悶的泰歐斯。

如穆恩所料，泰歐斯完全沒有搭理亞倫的意思，他盯著女弓手放在亞倫肩上的手，一時間甚至沒注意到亞倫朝他看過來了。

「泰歐斯閣下。」亞倫主動喚了聲。「方才有幸聽聞您的夥伴提及您的英勇事蹟，感覺閣下是位非常了不起的冒險者。可惜我剛出來旅行沒多久，見識尙淺，還未聽過您的大名，不曉得有沒有這個榮幸再多了解些您的經歷？您顯然比我的同伴厲害多了。」

待亞倫說完，泰歐斯終於將注意力轉移至他身上。泰歐斯還沒開口，少女弓手便用力拍桌，再度大聲嚷嚷起來：「那當然了！我們阿泰比你那個夥伴強多了！他可是公會認證的高級冒險者，想跟阿泰組隊的人不計其數！」

「阿泰殺死過傳說中吃了上百人的食人惡狼，以及肆虐某個城鎮的極惡蟲族，據說在阿泰剛成爲冒險者時還剿滅過一隻龍，他的能力大家有目共睹。」少女祭司也羞答答地附和。

「眞是強大啊，果然是經驗豐富的冒險者。我可從沒聽穆恩說過以前殺了什麼怪物。」亞倫對泰歐斯投以崇拜的目光，睜眼說瞎話。

「那傢伙根本沒什麼實力。」泰歐斯終於開口。「剿滅巨型蜘蛛那次，他幾乎都跟在我後面砍那些半死不活的小蜘蛛，最後的大蜘蛛也是我解決的。」

「眞是卑鄙小人！怪都是我們阿泰在殺，酬勞卻得和他分！」少女弓手簡直氣壞了，連罵了好幾句粗話，直到祭司一臉尷尬地制止才罷休。

亞倫生動地表現出什麼叫不敢置信，看他這樣子，泰歐斯繼續說了更多穆恩的壞話，他的隊友們跟著謾罵，三人越講越激動，而亞倫十分配合地不時點頭。

不遠處的穆恩打了個噴嚏，他揉揉鼻子，皺眉觀察著泰歐斯那桌。亞倫這傢伙不知施了什麼巫術，居然只消幾分鐘就和泰歐斯一夥打成一片，跟他們熱烈地聊了起來。

「其實……這一路上幾乎都是我在賺錢，但我們的旅費基本上是交給穆恩管理，所以我才沒錢請你們喝酒。」亞倫嘆息一聲，無奈地坦承。

「這傢伙真不是個東西。」泰歐斯忍不住咒罵。「穆恩從以前就相當貪財，你的錢肯定全被他拿去花掉了，以後不能再交給他保管了。」

「就是說！跟著那個爛男人旅行實在委屈你了，今天你儘管點，我請你！」少女弓手豪邁地說，卻又被亞倫阻止。

「沒關係，真的不用了，讓一位女士請客太不好意思了，我沒臉喝的。」亞倫艱難地說完，假裝不經意地瞄向泰歐斯。

少女弓手的視線被他所引導，也落到泰歐斯身上，她靈光一閃，馬上毫不猶豫地說：「那就讓阿泰請吧！」

泰歐斯神情茫然，感覺自己莫名被迫當大爺。

「你別擔心，我們阿泰很照顧人，平時也不會讓我們餓著。對吧，阿泰？」弓手少女的眼神充滿崇拜，看得泰歐斯狂冒冷汗。

「真的嗎？這樣多不好意思……」亞倫愧疚地說。「我看我還是向穆恩——」

一聽到穆恩的名字，泰歐斯瞬間下了決定。「不，我請你吧，只是點小錢，別介意。」

說完，他趕忙舉手招來女侍。開玩笑，不管他想不想請亞倫，都絕不能在隊友面前表現得比穆恩還小氣。

亞倫趁三人不注意時偏頭望向穆恩，朝他眨了個眼。

穆恩沒料到亞倫真的成功了，他想了想，隨後嚴肅地看著坐在椅子上裝死的艾爾艾特。「小木偶，你家主人肯定有學什麼色誘魔法對不對？」

艾爾艾特的回答是踹他一腳。

爲了在女孩們面前表現，泰歐斯刻意點了滿桌酒菜以彰顯自己的寬容與闊氣，他的舉動令兩名少女更加崇拜他了，然而他依舊鬱悶。

原因顯而易見，他的隊友們全把焦點放在英俊的金髮青年身上。

「亞倫，你們來到阿德拉鎮，想必也是爲了消滅阿德拉惡魔吧？」少女弓手熱情地向亞倫搭話。在等待上菜的期間，他們已經對彼此有了初步認識，個性爽朗的少女弓手名叫蜜安，溫婉羞澀的祭司則是茉莉，兩人跟泰歐斯組隊有一段時間了，並且都相當崇拜他。

得知亞倫是個勇於踏出舒適圈冒險的公子哥，女孩們對他的好感又大大提升。

「阿德拉惡魔？我只聽說這裡有個能操控魔花的人，但不太清楚具體情況。」亞倫笑著回應，既沒有承認也沒有否認。

「這你問我們就對了。」蜜安依然將亞倫認定爲要來討伐怪物的同行，她拍拍胸脯，毫無心機地把所知的資訊全抖了出來。「據說幾個月前，有位來自其他城鎮的哥雷姆居民出現在鎮上。他爲了賺取旅費無所不用其極，先是說自己聽得見奇怪的聲音，能夠知曉許多別人不清楚的事，後來又宣稱自己可以控制魔花，在廣場當起了雜耍藝人。」

蜜安哼了一聲，不以爲然地笑著說：「當時可轟動了，這個落後小鎮的人民哪像我們一樣見多識廣，光是看見這點小把戲就興奮得不得了，那個傢伙因此賺到了許多打賞。」

一直以來，亞倫都以爲自己是特例，如今才發現事情沒有他想像的那麼簡單。聽起來這個人的症狀完全與他相同，第二個被詛咒的人確實存在。

「我接下來要說的事，你聽了可別被嚇到。」蜜安忽然露出嚴肅的神情。

「怎麼了？」

「你知道魔像教嗎？」

亞倫點點頭，嘴角微微上揚。「我知道，哥雷姆國的國教對吧？」

「沒錯，你知道的還不少嘛。」蜜安對這名做過功課的初心冒險者越發讚賞了，抱著照顧後輩的心情，她左顧右盼一會，才湊到亞倫耳邊壓低了聲音說：「你別看這裡的居民一副熱情善良的樣子，他們全是邪教子民。他們拜的不是神像，而是魔像，哥雷姆人在國內廣設教堂，並在教堂內擺放一尊奇怪的胖魔像祭祀祂。那個胖魔像好像叫什麼始祖霍普，怪陰森的。」

說到後來，蜜安的重點已經有點變成抱怨邪教了，對此，亞倫依舊面不改色地笑著問：「然後呢？妳接下來要說的事，我想應該跟那個從別處來的哥雷姆人有關？」

「對對對。」蜜安點頭如搗蒜，連忙把話題拉回來。「就在上個禮拜，阿德拉教堂裡的祭祀用魔像損毀了，被摔了個四分五裂。」

「妳說什麼！」亞倫激動得差點站起身，見酒館內大半的人都看了過來，他才自覺失態，趕緊輕咳幾聲重新坐下。

蜜安一頭霧水看著亞倫，雖然不明白亞倫為何如此激動，她還是繼續說了下去：「當時那個哥雷姆人就在那裡，他大半夜偷偷潛入教堂，破壞了魔像，然後可怕的事發生了……在魔像損毀後，那傢伙好像被附身一樣，突然發了瘋似的攻擊周圍的人。」

亞倫睜大雙眼，隨即追問：「然後呢？」

「他咬傷了同樣在教堂裡的一名信徒，隨後逃出去消失在黑暗中。從那之後……每天晚上，阿德拉鎮都會發生怪事。居民們飼養的家畜陸續死亡，那些可憐的家畜血淋淋的倒臥在地，身上有好幾道深可見骨的傷口。不管居民們怎麼防範，每天總會有一戶人家的牲口喪命，或者失蹤，只留下一灘血跡。」

「有幾位居民親眼目睹有人半夜闖進農舍，於是集結了幾個壯丁包圍農舍，想要當場逮住兇手，卻被對方的樣子嚇到了。目擊者指稱農舍裡的動物當下全被荊棘纏住，兇手也被荊棘所圍繞，渾身是血抱著動物大快朵頤。」蜜安神色凝重。「不久，怪物的行為變本加厲，原本只對動物下手，到現在連人類也不放過，於是居民們都稱那傢伙為阿德拉惡魔，並且開出金額不低的懸賞，我們在鄰近的小鎮耳聞消息，才會來到這裡。」

事情的來龍去脈完全超乎亞倫的想像，他以為對方單純只是個能操控魔花的哥雷姆人，在造訪阿德拉鎮之前還想過幾種溝通方式，可如今對方聽起來像個瘋狂的怪物。為什麼會變成這樣？襲擊動物與人類什麼的，不該是他們會做的事。

「亞倫？你還好嗎？」見亞倫臉色有些蒼白，蜜安還以爲他是在爲可能面對怪物而感到害怕，因此湊過去拍了拍他的背。「你不要害怕，那種等級的怪物很快就會被我們解決了！」

聞言，亞倫露出一絲苦笑。「你們見過那個惡魔了嗎？」

蜜安正要回答，卻被泰歐斯打斷。「我們大概抓到位置了，但還不確定，怕讓你們找錯了地方，等我們確定再說吧。」

語畢，泰歐斯皮笑肉不笑地盯著亞倫。「你們呢？會來哥雷姆國，最主要的目的想必也是爲了討伐魔法師厄密斯吧？有聽說什麼消息嗎？」

他的言下之意很明顯——我們提供自己掌握的情報了，換你們。

「我知道的跟你們差不多。」亞倫非常厚臉皮地如此回答，偏偏又神情誠懇。

泰歐斯頓時無言以對。

「假如遇到什麼困難可以來找我們，雖然哥雷姆國裡的怪物跟敵人不算多，不過只要一出現都很強大，召集多一點人對付比較安全。」茉莉好心表示。

「好，謝謝你們。」亞倫的笑容暖得讓兩位少女的心都化了。

結束交談返回穆恩身邊，亞倫感覺放鬆了許多。

雖然他一副與泰歐斯的隊友們相處愉快的樣子，可他心底清楚那些人若得知他的眞面目，絕不會這麼親切地對待他。

相較之下，他覺得穆恩友善多了，他家隊友早就看穿他的眞面目，無論如何都會與他站在同一陣線。

穆恩露出笑容，似乎已經完全不計較亞倫的挑戰並未失敗這件事了，在亞倫坐下時，穆恩還友好地想拍拍王子殿下的肩，卻被亞倫一手揮開。

「我現在要扮演一個對你心生嫌隙的隊友。」亞倫坐到穆恩對面，維持著不太開心的表情，與他大眼瞪小眼。

「哦，聽了很多我的壞話，對不對？」穆恩大概可以理解爲何亞倫會被那個小團體接納了。「後悔跟我組隊了嗎？現在才反悔太遲了，別忘我們之間有契約存在。」

早在穆恩答應和亞倫一起拯救國家後，亞倫就重新擬定了一份魔法契約。如今即使亞倫反悔，也無法單方面解除契約。

聽了他的話，亞倫心頭的不安頓時消散不少，他心癢無比，想說些肉麻的話調戲穆恩，可惜泰歐斯小隊仍在酒館當中，他不能轉頭就當叛徒。

「我探聽到另一個受詛咒者的消息，但不方便在這說。」

「行。」穆恩猛然起身，一手拎起艾爾艾特，一手抓住亞倫的手臂，把亞倫從椅子上拉起來，動作粗魯得宛如要出去和亞倫算帳似的，讓不遠處的泰歐斯小隊注意到了。

「穆恩，你什麼意思？亞倫只是跟我們多聊了一會，又沒說什麼，你別對他動粗！」蜜安脾氣衝，立刻跟著起身指責。

「少管別人的事，我們不過是要私下談談。」穆恩一把將錢拍在桌上，氣勢洶洶地拉著亞倫走向門口。

「你這態度哪像要談談！」

穆恩露出囂張無比的笑。「隨妳怎麼說，反正這位少爺離不開我，不管我說什麼，他除了聽話以外沒有其他選擇。」

如此霸氣的臺詞聽得亞倫心花怒放，他按捺住點頭的衝動，努力裝出爲難的樣子對兩位少女搖搖頭，像個被家暴的小媳婦跟隨穆恩離開了酒館。

穆恩帶著他走進小巷，拐了好幾個彎，確認泰歐斯一行人沒追上來後，兩人登時四目相接。

不知是誰先發出笑聲，總之，在其中一人笑了之後，另一人也很快笑了出來。

「哈哈哈哈，你有看到泰歐斯的表情嗎？他的表情難看得跟被潑了整桶餿水一樣！」穆恩放開了亞倫，捧腹大笑。「你這叫把他哄得服服貼貼？別開玩笑了。」

「怎麼不服貼了？他爲我叫了整桌菜。」亞倫低笑著反駁。

「你肯定是用了什麼卑鄙手段讓他不得不爲你點菜。」穆恩壓根不信亞倫的話。

「我不想被別人稱爲卑鄙小人的人說卑鄙。」亞倫反駁。語畢，他想了想，還是忍不住問了一句：「你以前去剿滅蜘蛛巢穴時，眞的都縮在後面打小蜘蛛，把大蜘蛛交給泰歐斯解決？」

「什麼鬼？」穆恩一秒愣了。「大蜘蛛分明是我殺的好不好？那傢伙一路上一直待在隊伍最後方砍些半死不活的小蜘蛛，一見到比熊還大上三倍的大蜘蛛就腿軟了，讓我想摸魚都沒得摸，只能硬著頭皮單挑大蜘蛛，還被噴了滿身汁液。」

亞倫聽得目瞪口呆。

「我花了整整一個月才徹底擺脫身上的臭味，所以我才討厭那傢伙。多虧他，那一個月沒有一間旅店的老闆肯給我房間。」身爲那時隊上唯二的近戰職業之一，穆恩滿腹怨氣，當初從巢穴出來時，所有人都離他三公尺遠以上。

亞倫湊到穆恩的頸邊，聞了聞他身上的氣味。「沒那個味道呢。」

「廢話，都是一年前的事了。」

「倒是充滿了花香，你身上的味道現在跟我一樣了。」

「拜託不要，我立刻去洗澡。」一想到自己也染上了那些邪門魔花的香氣，穆恩就渾身起雞皮疙瘩。

亞倫明白穆恩只是說說而已，於是不禁莞爾。此時艾爾艾特終於忍受不了被穆恩夾在腋下的待遇，他踢了穆恩一腳，渾身散發黑氣從穆恩身上跳下來。

「抱歉啊，艾爾艾特，委屈你當個普通木偶了。」早在進入阿德拉鎭前，他們就決定讓艾爾艾特暫時僞裝成無生命的木偶。畢竟亞倫能讓魔像甦醒的消息尚未在哥雷姆國傳開，兩人擔心事情若是鬧大，一來會引來厄密斯，二來會影響尋找其他受詛咒者的計畫，所以必須先低調。

艾爾艾特搖搖頭，洩憤似的再度踹了穆恩一腳。

「你踢我幹什麼？不要以爲我不會反擊。」穆恩也一腳踢了回去，最後還是亞倫拉開了他們，制止雙方你一腳我一腳的幼稚行爲。

穆恩翻了個白眼，沒好氣地轉移話題：「說吧，你剛剛聽說了什麼？我看你的臉色一度很難看，肯定是壞消息吧？」

聞言，亞倫再也無法維持泰然自若的笑容，他的眼神轉為黯淡，搖了搖頭。

「事情比想像中糟……」

他害怕那隻怪物的未來發生在他自己身上，可是他暫時不太願意將這個可能說出口。自己眞的是隻可怕的怪物什麼的，這種事他不願也不想面對。

「國家滅亡你都能挺過來了，還能有比這更糟的事嗎？」穆恩看不慣彷彿在害怕什麼的亞倫，出口嘲諷。「果然是剛出來冒險的公子哥，人家隨便唬唬就把你嚇得不輕。說吧，你靠著出賣我換來什麼情報？」

這番話稍微安撫了亞倫，最痛苦的時刻都撐過了，相較之下他所聽聞的消息確實沒什麼大不了的。

他希望無論何時，穆恩都能保持這副好整以暇的態度，他不需要有人跟他一起害怕，那只會讓他更加不安。

「說來話長，總之我們要找的那位受詛咒的哥雷姆居民，跟阿德拉惡魔多半是同一人。」亞倫開門見山地說出推測。「泰歐斯的隊友提到，阿德拉鎮之前來了個奇怪的人，不只會操控魔花，還宣稱自己能聽見奇怪的聲音。幾個月前，對方不知為何把供奉在阿德拉教堂的霍普魔像摧毀，隨後就發瘋了，他化為惡魔每晚屠殺居民們飼養的家畜，後來甚至連人也殺。」

穆恩只覺一頭霧水。「中邪了？」

亞倫無語了一會，搖了搖頭。「我想應該是有別的原因。我猜阿德拉惡魔大概也是個薩滿，只有薩滿才會深受魔像影響。」

說著，他的表情越發凝重。「泰歐斯他們是爲了消滅阿德拉惡魔才來的，但我認爲對方應該還有辦法恢復神智。我們目前唯一的線索就是阿德拉惡魔，所以不管怎樣，我們必須搶在其他冒險者前頭抓住他。」

「行，我最喜歡跟同行對著幹了。」穆恩的嘴角勾起不羈的弧度。

對於這場即將展開的競爭，他絲毫不見猶豫，反而有些躍躍欲試。

以往他是不喜歡跟人組隊打怪的，因爲總是會有各式各樣的問題產生。如今他的隊友是一位王子殿下，還有一個奇怪的木偶，明明是如此詭異的組合，他卻充滿了興致。他已經許久沒有像這樣期待跟其他人一起冒險了。

「走吧，去拿下那隻怪物。」

第二章

在亞倫仍是城堡中那個養尊處優的王子時，他聽過許多關於騎士的故事，而在眾多故事之中，他最喜歡的便是魔像英雄加克的故事。

因爲太喜歡了，所以當他終於踏入這名魔像騎士的家鄉時，眼眶一瞬間莫名發酸。

在他的想像中，加克的故鄉四季如春，常有身著哥德式盔甲的騎士走在石磚街道上，接受居民們的景仰。身姿凜然的騎士們以軍人般的整齊步伐行進，他們沉默寡言，忠誠而溫和，是當地人的驕傲，阿德拉鎮的居民在騎士們的守護下，皆過著幸福快樂的日子。

如今街上依舊可以見到騎士的身影，亞倫一路上與好幾位身穿鎧甲、腰佩長劍的騎士擦身而過，遠方傳來長笛的吹奏聲，家家戶戶的窗臺種著紅色魔花，當和煦的微風拂過街巷，鮮紅花瓣便如雪片般四散飛舞。

「我猜你要先去那座教堂調查對吧？」穆恩吊兒郎當地走在王子殿下身旁，雙手環胸，滔滔不絕地說出自己的推測：「我猜猜，阿德拉惡魔之所以發瘋就是因爲教堂的魔像毀損了，惡靈們全跑出來，他跟你一樣是個第六感很強的薩滿，所以被那些惡靈逼瘋了。」

「你的同行也是這麼猜測，他們現在把這座小鎮當成了惡靈大本營，隊裡的祭司隨時在替隊友們附加輔助魔法。」想到離開前茉莉神色凝重地爲夥伴猛加輔助的樣子，亞倫不禁覺得好笑。

「誰叫你們在教堂裡放魔像？任誰踏進教堂看見一尊邪門的魔像都會嚇到吧？」陰森森的教堂中佇立著一尊面帶詭譎笑容的胖魔像，旁邊還跪著一堆戴著面具、身披斗篷的魔紋師，穆恩光是想像那畫面就一陣惡寒。

「才不邪門呢，始祖魔像霍普可是我們哥雷姆國的守護神。」

「哦，那還請邪教之國的王子殿下解釋一下，那尊魔像哪裡不邪門了？」

見穆恩不以爲然，亞倫不疾不徐地緩緩道來。

「這件事要從很久以前說起。很久以前，有一群從戰亂國家逃出的難民，他們翻山越嶺想要尋覓新的居住地，卻不幸被困在山中。暴風雪無情地阻斷了他們的去路，刺骨的寒風殺死了他們的家人，他們又冷又餓，大自然的殘酷幾乎要擊潰他們的意志，可他們唯一能做的只有繼續走下去。」

「就在此時，一尊灰色的石頭魔像出現了。魔像自稱霍普，他背著一把巨大的弓，帶來幾頭獵物讓難民們填飽肚子，並幫助他們找到一個可以躲避風雪的洞穴。霍普帶領他們穿越山脈，來到一塊陌生的土地，那裡氣候溫暖、土壤肥沃，四處開滿一望無際的魔花。那一刻，難民們明白了此處就是理想的新居住地，他們萬分欣喜，正準備感謝霍普之際，卻發現霍普一動也不動，就此陷入了沉眠。」

亞倫雙手放在胸前，以虔誠的溫柔語氣爲故事劃下句點：「這就是哥雷姆國誕生的由來。我們的祖先透過霍普的引導找到了住所，並建立了國家。為了喚醒我們的恩人，祖先們致力於研究製作魔像的技藝，並在過程中發展出繁盛的文化。父王曾說，這或許也是始祖魔像霍普的庇佑，由於我們全心研究魔像，導致哥雷姆國也在不知不覺中越發強大，成為大陸上不容小覷的國家。」

聽起來似乎是個挺正常的故事，不過穆恩想了想，忽然發覺不對勁。

「等等，所以正確來說，始祖魔像霍普其實只有一尊？」

「是的，真正的霍普被供奉在首都佩爾泰斯。」

「那為什麼泰歐斯的隊友說，每個教堂都會放一尊霍普？你們量產你們的神了？」

亞倫忽然很想說一句你才量產，你全家都量產，但他忍住了。他把穆恩當成一個心智有障礙的人，用同情的語氣說：「放在教堂的都是仿製品，沒畫上魔紋，並不是活生生的魔像。」

這點穆恩可以理解，只是不知為何亞倫的口吻讓他有點不爽。

「霍普既是我們哥雷姆人的信仰對象，也是魔像們的神，因此我們在各地建設教堂供奉霍普的仿造魔像並非毫無理由。魔像們會本能地追隨霍普，哥雷姆國的教堂不光是為人類，同時也是為魔像們所設立。」

穆恩原本的想像是在陰森森的小教堂裡，有霍普的雕像與一群披黑斗篷戴面具的神祕信徒，現在腦海中又多了其他大大小小的魔像跟人類跪在一起膜拜霍普，頓時渾身起了雞皮疙瘩。

「魔像會崇拜神？這我還是第一次聽說。」

「這一點我們也覺得很奇怪。照理說那些後來才被創造出的魔像，應該跟始祖魔像霍普沒有關係，可是不知為何，所有哥雷姆國的魔像誕生後都能感知到霍普的存在，並本能地尊敬霍普。霍普能為其他魔像帶來心靈上的安定，即使是沒有魔紋的塑像，也可以發揮這樣的效果。」說到這裡，亞倫遙望遠方，嘴角帶著淺淺笑意。「我們也是，只要看到霍普，就會想到這個國家存在的意義。無論是魔花還是魔像，皆是霍普賜予我們的，他帶領我們找到魔花，並且令我們擁有創造魔像的欲望，有了魔像和魔花，哥雷姆國才能發展成一個大國，所以我們的終極目標便是要讓霍普甦醒。」

這可以說是非常邪教了。穆恩忍不住在內心吐槽。他想像中的畫面更加豐富了，邪教王子站在沉睡的魔像霍普身旁，底下是一群陰沉的信徒與各式詭譎的魔像，在所有人崇拜的目光下，亞倫露出顛倒眾生的笑容，先是感謝大家，隨即告訴在場眾人要繼續努力，把喚醒邪神霍普作為終極目標……

穆恩忽然覺得頭有點痛，他悄悄與亞倫拉開一步距離，深怕邪教王子對他傳教。

「怎麼，你擔心我向你傳教？」亞倫敏銳地注意到穆恩的舉動，立刻縮短兩人間的距離。他雙手負在身後，笑著說：「這麼英俊的傳教士向你傳教，你就算不想信教，也可以多聽幾句啊？不吃虧的。」

「你倒是說說你過去用這理由騙了多少無知的信徒？」穆恩簡直白眼要翻上天了，他從沒遇過臉皮這麼厚的人。

「眞過分，我們魔像教很正經的，不會用金錢與美色騙人。」亞倫略顯委屈地反駁，但穆恩看得出來他並不眞的介意。「我們不會刻意去拉攏外國人入教，畢竟對我們而言，霍普是只守護哥雷姆國的神。」

穆恩很想說，如果這位神眞的有心守護哥雷姆國，哥雷姆國也不會有今天了，不過他明白這句話說出來過於傷人，因此並未說出口。

他們一邊問路一邊前行，不知不覺抵達了目的地。

阿德拉鎭的教堂外觀跟穆恩過去見過的教堂差不多，這座擁有百年歷史的建築略顯破舊，走進去一瞧，長椅整齊地排列在大廳兩側，本該放在廳內正前方的霍普石像化爲了一堆碎石，淒慘地散落在地。以碎石爲中心，地上鋪了一圈圈藍色魔花，幾名信徒圍著碎石跪坐，像是在寒風中圍著燭火般依偎在一起，神色哀戚地凝視著碎石。

「天啊……」亞倫沒想到情況這麼慘，他急匆匆地走過去後跪了下來，把手放到碎裂的石塊上，心疼地說：「怎麼會損毀得這麼嚴重？」

「都是那個阿德拉惡魔！他自己被詛咒，卻把錯怪在始祖魔像頭上，還用怪力把魔像之神的石像推倒在地！」

「國家滅亡就算了，連我們僅存的信仰也要被踐踏，那個阿德拉惡魔根本不是什麼薩滿，而是魔法師的爪牙！」信徒們咬牙切齒地你一言我一語，看他們這個樣子，穆恩只覺得這些人很有事。

「被踐踏？不就是石像毀了嗎？再造一個不就好了？」他一手插在腰間，滿心莫名其妙。「難道你們放一堆鬼魔花圍著碎石哭，隔天醒來雕像就會恢復原狀？」

此話一出，穆恩毫不意外地接收到信徒們的怒視。

亞倫把他推到自己身後，好聲好氣地說：「不好意思，我的夥伴來自沒被文化薰陶過的環境，講話比較……你們懂的。我們只是想調查破壞霍普雕像的兇手，並無惡意。」

「沒什麼好調查的，那傢伙做出了大逆不道的事，所以他付出了代價，直接變成了怪物。」一名婦女篤定地說。

「不，阿德拉惡魔絕對是魔法師的手下，他聽從魔法師的命令來破壞霍普的雕像，魔法師摧毀了我們的國家、帶走了我們的王子，不僅如此，還想玷汙我們的信仰，簡直喪心病狂！」另一名男信徒言詞激烈。

兩人各自說完後，面面相覷，隨即吵了起來。

「就跟你說是魔法師搞的鬼！」

「明明是魔像之神給他的懲罰！」

穆恩挖了挖耳朵，自顧自地展開調查。在這個帶有神祕色彩的邪教之國，兩名信徒說的原因都有可能，真相究竟爲何，還是得靠調查才能知道。

他蹲了下來審視雕像的狀況，雕像還不算碎得太徹底，可以透過石塊判斷出這應該是一尊有著圓滾滾身材的魔像，且石塊上還有著數不清的刮痕。

「看樣子阿德拉惡魔對你們的神積怨已久。」

亞倫發出長長的嘆息。他完全無法理解為什麼有人要刻意破壞霍普的雕像，他不過沉睡了百年，哥雷姆國的居民居然就膽大包天到了連國教的神祇雕像也敢破壞了？

亞倫環顧在場的信徒們，語調溫和：「聽說當時有人遭到襲擊，請問當事人在嗎？」

「我……我當時在場。」一名披著深藍色斗篷的信徒怯怯舉手。「我那天摘了幾束新鮮魔花準備獻給霍普，結果踏進教堂時，剛好看見阿德拉惡魔用怪力把雕像推倒。」

「這事你白天不幹，非要大半夜去做。」穆恩忍不住吐槽。想到這些魔像教信徒會半夜獨自前往教堂祭拜魔像，他就覺得毛。「然後呢？」

「我非常生氣，跟阿德拉惡魔吵了起來，中間他還推了我一把。我被他推得跌坐在地上，手被石塊割傷，於是火氣整個上來了，準備跟他打一架，可是……」信徒害怕地抱住頭。「當我抬起頭時，他的表情突然變了。他雙眼泛紅，像怪物一樣朝我撲來，狠狠咬住我的手！我大叫著用力甩開他後就逃跑了，後來附近的民眾聽見聲音紛紛趕過來，但怪物已經不見了。」

「被你一甩就甩開，看樣子阿德拉惡魔的實力也不怎樣。」穆恩雙手環胸，輕鬆地說。他真心不解為何連平民都能擺脫的怪物會引來這麼多冒險者。

「我也見過那個惡魔。」另一名同樣身披藍色斗篷的少年信徒跳出來。「在聽說那個不長眼的混蛋毀了霍普的雕像後，我約了幾個好朋友在晚上尋找惡魔的行蹤，後來也確實在某個牲畜棚裡找到了。但那傢伙太難纏，儘管我們用棍棒鋤頭拚命攻擊，還是被他咬了一口讓他逃跑了，超痛的。」

少年信徒說完，拉起袖子露出自己的手臂，膚色蒼白的手臂上赫然有一道結痂的咬痕。

「你也太亂來了！阿德拉惡魔至今爲止可是殺了好幾人！小孩子怎麼可以去挑戰他們！」旁邊的婦女現在才得知這件事，劈頭就斥責少年，還打了一下他的頭。

「很痛耶！又沒什麼！」少年不服氣，忿忿不平地辯解：「我覺得那傢伙不強啊，他只會朝我們尖叫，時不時要咬我們一口而已，搞不懂那些自稱冒險者的哥哥姊姊爲何一直無法解決他，現在的冒險者也太弱了吧？」

「年輕人就是初生之犢不畏虎。」一名白髮蒼蒼的老人搖了搖頭。「那是惡魔對你們手下留情，他對那些冒險者可是毫不手軟，直接把他們咬到傷口深可見骨，甚至把人拖進巷子裡吃掉，鎮上好幾個健壯的男丁都遇害了，所以鎮長才會發布懸賞吸引冒險者們來。」

亞倫與穆恩面面相覷，感覺資訊十分混亂。信徒們一部分堅持阿德拉惡魔實力不強，一部分堅持阿德拉惡魔相當強大，且兩邊都有目擊證人。

居民們越說越絕望，他們搞不懂是什麼東西在危害他們的家園，對現況感到無能爲力。

「那群冒險者沒一個能打的，到現在還解決不了！始祖魔像拜託您保佑我們吧嗚嗚……」

「這裡已經沒有任何能守護我們的人了……」

「沒事的，大家不要慌張。」亞倫不知何時走到了人群中央，溫言安撫在場的信眾。「如今阿德拉鎮聚集了這麼多菁英，一定會想出方法來的。當年魔法師滅了哥雷姆國，你們的祖先依然頑強地活下來了不是嗎？這次也是，這世上任何怪物都無法奪走哥雷姆人的希望。」

他的話讓信徒們安靜下來，他們一個個盯著亞倫，雖然不解這名冒險者爲何會說出這番言論，他們仍豎耳傾聽。

亞倫走到霍普的碎塊前，緩緩地低聲說：「很久很久以前，哥雷姆國的先祖也遭遇過類似的情況，那時他們流離失所，行走在危機四伏的廣闊深山之中，飢寒交迫，對未來感到絕望。」

「可是，他們遇見了霍普。」亞倫停頓了下，再度轉身面向眾人，攤開雙手。「霍普帶給他們希望，指引他們走出深山、帶領他們找到了魔法之花，賜予他們繁榮的國家以及強大而忠誠的魔像。除此之外，他還賜予了哥雷姆人一項事物，大家知道是什麼嗎？」

他的嗓音溫潤，猶如潺潺流水般洗去眾人的不安，信徒們逐漸忘了恐懼，認眞思考起他的提問。

看著眾人努力思索的樣子，亞倫的嘴角泛起一抹惑人心神的笑意，自行公布了答案：「他賜予了哥雷姆人『奇蹟』，不是嗎？是霍普讓我們相信奇蹟的存在。身上沾染煤灰的女孩只要不捨棄夢想，就能被神仙教母祝福；心地善良的貧困夫婦只要勤奮工作，就可以得到小妖精的協助。奇蹟只會降臨在不放棄追求幸福結局的人身上，就如同哥雷姆國的祖先們。他們翻山越嶺，努力追尋屬於自己的幸福，最終獲得了霍普的協助。」

「所以不要放棄希望，不管是一年、十年，甚至百年，只要還能踏在這片土地上，哥雷姆人就不會失去希望，因爲霍普教導大家要保持樂觀、相信奇蹟。」亞倫的語氣輕柔而堅定，他一一對上在場每位信徒的雙眼。「你們說是吧？」

眾人一時陷入沉默，有些比較年長的信徒已經意識到了什麼，但他們沒有主動開口，而是將答案放在心裡。

直到少年率先打破了沉默：「沒錯，我們不能這麼快放棄希望！那個惡魔遲早會得到報應的！」

「偉大的始祖魔像，拜託您再一次幫幫我們吧！」

「我們的守護神肯定會賜予我們奇蹟的！」

亞倫笑吟吟地守望著信徒們集體膜拜石像碎塊，而在旁邊把一切看在眼裡的穆恩只覺渾身發寒。

他到底看了什麼？

某個王子莫名其妙以外地冒險者的身分反過來對當地信眾傳教，不僅沒人察覺不對，還眞的被這番話鼓舞了。信徒們陷入激昂的情緒，圍著那堆碎石喃喃自語起來，而邪教菁英一副看破紅塵的樣子俯視眾人。

穆恩的頭又痛了，他感覺自己不小心闖入了邪教布道現場，實在很不想跟這裡的人扯上關係。

偏偏此時亞倫還走過來，親切地問他：「怎麼樣，有意願入教了嗎？現在加入我們魔像教不算晚喔。」

「你給我滾！」

這天晚上，穆恩做了一個夢。

他夢見自己推開教堂的門，昏暗的大廳裡，一排排的長椅上坐滿了人，披著深色斗篷的信眾與灰色石頭雕成的魔像們坐在一起，整齊劃一地回頭朝他望來，而大廳正前方的胖魔像也帶著詭譎笑容看他。

胖魔像周遭點著無數白蠟燭，身前站著俊美絕倫的金髮王子，王子殿下穿著華麗的禮服，肩披鑲著銀邊的黑斗篷，一見到穆恩，王子便優雅地邁出步伐，笑盈盈地上前迎接他。

「親愛的，謝謝你拯救我的國家，從今以後你就是我的夫婿了。」王子親暱地勾住穆恩的手，帶他一步步走到始祖魔像面前。

「成爲我的夫婿就必須與我信仰同樣的宗教喔，來，快向我們的霍普大人宣誓。」王子殿下摟著穆恩的手臂，頭靠在穆恩的肩上，以柔情似水的口吻說：「你會加入我們魔像教，與我們一同讚美霍普，並以復活霍普作爲終極目標。你發誓你會用盡一生努力去完成這件事，對吧？」

夢中的穆恩被這發展嚇呆了，一時說不出話。

「怎麼了？為什麼不宣誓？大家都在等你呢。」

穆恩回頭一瞧，信眾不分魔像人類全盯著他，人類信徒個個面露期盼，彷彿他肯定會答應一樣，而魔像們雖面無表情，卻已經擺出拍手的姿勢準備祝福兩人。

哥雷姆王子的眼中流露出難以形容的狂熱，高興地說：「等你宣誓完之後，我們就是邪教夫夫了，我們要把更多更多的人拉入邪教，並且為魔神霍普獻上最好的祭品，直到霍普眞正復活——」

「開什麼玩笑！我絕對不會加入什麼魔像教！也絕對不會娶你的！給我滾！」

這句發自靈魂的怒吼把穆恩從夢境拉回現實，他瞬間驚醒，從床上坐起身。

他氣喘吁吁瞪著前方，這才發現一切不過是場夢，馬上鬆了口氣，只是想到夢中的情景仍有些驚魂未定。

說起來，他好像沒問過亞倫，如果眞的拯救了哥雷姆國，他是不是得改信魔像教才能獲得自己想要的權勢地位。雖然他是無神論者，不過哥雷姆國畢竟是個宗教國家，恐怕不會讓異教徒擔任高官。

他認為必須好好向亞倫問清楚，他應該在立下契約前就問的，實在是失策了。

穆恩煩躁地抓了抓頭，跑去樓上找亞倫。昨夜他們在這座無人空屋落腳，亞倫在樓上選了間臥房，沒意外的話應該還在睡。

雖然鎮上有乾淨溫暖的旅店可以住，但有鑑於亞倫還不太能控制自己的能力，所以他們目前仍只能住在廢棄房屋。

穆恩推開房門，只見大片綠色荊棘占據了整個房間，罪魁禍首正躺在床鋪上睡得香甜。

忠心的小木偶坐在一旁，靜靜地凝視亞倫的臉龐，在穆恩踏進房間時，艾爾艾特瞄了穆恩一眼，又迅速別開目光，重新望向自己的魔紋師。

「你這傢伙眞的很喜歡他啊，因爲他是薩滿的關係嗎？」穆恩走到毫無防備的王子殿下床邊，目光在亞倫和艾爾艾特之間來回掃視，他記得亞倫說過薩滿天生受魔像喜愛。

小木偶搖搖頭，否定了穆恩的猜測。

對此，穆恩不是太在意，比起這個，他比較煩惱要如何不被泰歐斯等人發現亞倫的眞面目。

他可是把一個比阿德拉惡魔還可怕的怪物帶進阿德拉鎮了，這事如果被他的同行得知，亞倫就會成爲下一個遭到討伐的怪物。

冒險者們大多是抱持著雄心壯志的，他們跟穆恩一樣不甘於平凡，渴望經歷驚天動地的冒險，並獲得令人欽羡的成功。

在這種情況下，即使鎮上沒有怪物，他們也會想辦法找出一個怪物當成目標。

作爲活了百年的邪教王子，亞倫絕對會被冒險者們盯上。

「你要睡到什麼時候？該醒了。」穆恩動作稍嫌粗魯地推了推亞倫，不用力一點的話，這位睡美人王子是不會醒的。

「唔……」亞倫有些難受地發出低吟，他緩緩睜開雙眼，一見是穆恩又閉上雙眼。

「喂，把我的話當耳邊風是不是？我可不會像城堡裡那些僕人溫柔地叫醒你，確定不起來？」穆恩略感惱火，伸手狠狠彈了下亞倫的額頭，亞倫哀鳴一聲，像隻煮熟的蝦子一樣蜷縮起來。

不久，亞倫不甘不願地從床上爬起身，打了個呵欠，眼睛依舊閉著。

「別睡了，再這樣下去，我們的進度就要被泰歐斯超前了。」穆恩受不了了，乾脆強行把亞倫拖下床。

亞倫沒有反抗，他踏著虛浮的步伐，迷迷糊糊地簡單洗漱完畢，跟隨穆恩走上街頭。

「你怎麼搞的？昨晚熬夜了？」見亞倫仍未完全清醒，穆恩只好主動抱起艾爾艾特。他一手將小木偶揣在懷裡，一手牽著睡美人王子，感覺自己像個保母。

亞倫搖搖頭，再度打了個大呵欠。「我只是魔力不太夠……這具身體只要魔力不足就會想睡覺……」

「喝水沒用？你昨天不是喝了很多水嗎？」

「只補充到一點魔力，不夠多。」亞倫揉揉眼睛，完全倚靠穆恩牽著他帶路了。

「你這具身體怎麼這麼麻煩？」穆恩猜想，亞倫恐怕是得泡在水中才能有效恢復魔力。之前在奧爾哈村時，他們住的小屋旁就有大片碧綠的湖水，亞倫幾乎每天都會花一段時間泡在裡面。

如今阿德拉鎮可沒有這種地方，除非住在旅店，就能請旅店員工給浴盆打水來，偏偏亞倫的體質並不適合入住。

「只要不會害到人，再麻煩都沒關係。」亞倫垂著頭，默默回了一句。

「說這什麼話？你才沒這麼厲害，只會荼毒別人的心靈而已。」

聽見亞倫的笑聲，穆恩這才稍稍感到放心。

昨日的種種經歷讓兩人都察覺到一件事，但誰也沒有主動提起。

他們也因此更加謹慎，亞倫昨晚硬是等找到一座方圓幾百公尺內都無人居住的廢棄小屋後，才肯休息。

身為一個冒險者，穆恩有必要阻止怪物危害人類，不過他同時也是亞倫的隊友，有必要保護亞倫。他知道王子殿下的為人，然而他的同行可不知道。

「穆恩，我昨天想過阿德拉惡魔為何會忽強忽弱的問題，恐怕兩邊說的都是真的。」在前往昨天那家酒館的路上，亞倫忽然開口。

「我想也是。」兩人離開教堂時雖然沒有多討論，但穆恩也思索過。他雙手環胸，斜眼瞄了下亞倫。「這種事沒什麼好說謊的，所以我猜你想的跟我一樣，就是——」

「阿德拉惡魔變強了。」

穆恩瞪了亞倫一眼，似乎覺得自己的風頭被搶走了，亞倫則是有點得意地繼續說下去：「一開始的阿德拉惡魔很好對付，一群少年都可以將他擊退，但由於某些因素，阿德拉惡魔越變越強，才成了如今所有冒險者都在討伐他還解決不了的程度。」

「看來不能拖，時間越長越難辦。」說著，穆恩不禁唾棄起同行們的效率。在他看來，阿德拉惡魔比奧爾哈村的石巨人好處理多了，這種程度的怪物都能拖到現在，眞不曉得那些人是靠什麼吃飯的。

「我們要以活捉阿德拉惡魔爲目標，畢竟他說不定還保有自我意識，就這麼殺掉的話，哥雷姆滅國的線索也會跟著斷了。」亞倫說。「絕不能讓你的同行們殺死他。」

「王子殿下，你再講下去我就得要求追加酬勞了。你知道我要做多少事嗎？我不但要活捉那隻怪物，還要保護你這隻怪物，而那個小木偶嚴格說起來也是怪物，我是專門殺怪物的冒險者，不是什麼怪物保育員好嗎？」穆恩忍不住翻白眼。同樣是拯救哥雷姆國，他的任務難度硬是比其他冒險者高出好幾倍。

「我相信你可以的。」亞倫笑吟吟地說。

「你走開，我可不像那些魔像教信徒，三言兩語就能被你說動——」穆恩話還未說完，酒館內冷不防傳來一陣重物撞擊聲以及怒喝聲。

「居然還敢惡人先告狀！要不是你們，茉莉會傷成這樣嗎！」

兩人一走進酒館，便見到泰歐斯的隊友蜜安正大發雷霆，她的手上拿著一把木椅，整個人氣勢洶洶，看起來下一秒就要把椅子砸出去了，而跟她吵架的幾個冒險者也氣呼呼盯著她，武器都舉起來了。

「是你們先搶我們的怪好不好！我們全神貫注在跟阿德拉惡魔纏鬥，你們偏偏要來攪局！」

「光靠你們幾個根本打不過，要不是有我們支援，你們早就死了！」

穆恩若無其事地帶著亞倫越過他們，逕自找了個位子坐下來點餐。

「別理他們，常有的事。他們只是在爲賞金分配的問題吵架而已。」

「泰歐斯呢？再不出面他的隊友就要跟人打起來了。」亞倫四下張望，始終不見泰歐斯的身影。

「天曉得，那傢伙怕應付不了這種場面，龜縮起來了也說不定。」

亞倫偏了偏頭。他想了解雙方發生衝突的詳細情況，可是場面劍拔弩張的，讓他的頭有點疼。他從小生活在人們說話都輕聲細語的環境，所以不太喜歡這種火爆場景。

「考驗你魅力的時候到了。」他看向穆恩，眸中閃過一絲精光。「你去當和事佬讓他們冷靜一點，順便問出發生了什麼事。」

穆恩無語了。他最擅長火上加油，要他當和事佬就好像逼壯漢去打毛線，完全是強人所難。

見穆恩表情有些僵硬，亞倫笑著調侃：「怎麼了，做不到嗎？」

「不過就是讓他們冷靜，有什麼做不到的？」穆恩哼了一聲，決定豁出去了。

他清清喉嚨，以宏亮的聲音蓋過那群人的爭吵：「區區一個惡魔也能讓你們吵成這樣，看樣子冒險者的水準真是越來越低了。」

這話十分有效，現場頓時安靜下來，所有冒險者都怒視著他。

「這麼生氣做什麼，我說錯了嗎？」穆恩不疾不徐地走到吵架的兩方中間。「那個怪物原先沒這麼強，是因爲你們胡搞一通，他才會變得越來越強大，難道你們都沒發現這點嗎？」

「其他隊伍幹的好事怎麼能算在我們頭上？」與蜜安對峙的冒險者小隊隊長不平地反駁。「再說，你敢確定自己說的是正確的？我看八成是其他冒險者太弱吧？」

「什麼意思啊你！」

「想打架嗎！」

「真的嗎？」在一片咒罵聲中，蜜安率先跳出憤怒的漩渦，焦急地說：「怪不得茉莉變得如此虛弱，她肯定是被那頭怪物奪走了力量！」

聞言，亞倫將椅子往蜜安的方向挪了挪，專心地豎耳傾聽。

「我怎麼確定？妳先跟我說說看是怎麼回事。」穆恩雙手環胸，對於自己掌控了局面頗爲得意。

「昨晚我們上街尋找阿德拉惡魔，結果看到這群人在與惡魔交戰。」蜜安指向剛才和她吵架的冒險者們。「我看他們被打得節節敗退，所以就朝惡魔射箭，想幫忙減輕他們的壓力，結果阿德拉惡魔一見到茉莉就殺紅眼似的撲了上去。他用荊棘擋下我們，我們根本來不及阻止，只能眼睜睜看著茉莉被荊棘纏住，手臂還被惡魔狠狠咬了一口。」

蜜安說著，忍不住紅了眼眶。「後來泰歐斯將惡魔逼退，但是已經太遲了，茉莉就此變得十分虛弱，連治療自己都做不到。這個偏僻的小鎮裡不僅沒有會施展治癒術的祭司，醫療設備也相當落後，茉莉只能躺在床上休養。」

在她說完後，穆恩的目光飄到亞倫身上，而亞倫也盯著他。

王子殿下的臉色略顯蒼白，臉上不再掛著笑容。他拍了拍艾爾艾特的肩膀，用眼神示意穆恩接下來的計畫。

「聽好了，這件事我已經有了對策。」穆恩環顧在場的冒險者們。「如果你們沒把握自己能毫髮無傷地打贏，就不要貿然挑戰阿德拉惡魔。那傢伙會藉由咬人來讓自己更加強大，就是因爲你們在與他對峙的過程中受傷太多次，他才會變得這麼難纏。」

「難道你就能篤定自己可以毫髮無傷？未免太看得起自己了。」與蜜安吵架的冒險者隊長啐了一口，表情寫滿了不屑。

「我太看得起自己？」穆恩沒有被激怒，他不慌不忙地笑著反駁：「到我這種程度還看不起自己，在場所有人恐怕都要自慚形穢了。」

這等囂張的言論讓那名隊長頓時想上前揪住穆恩的領子，但在他這麼做之前，他的隊友率先抓住他的手，搖了搖頭。

亞倫也注意到，其他冒險者有的別開了目光，有人甚至露出忌憚的表情，看樣子穆恩應該實力不錯，否則以他這種性子，冒險者們早就回罵了。

「可別怪我沒警告你們啊，阿德拉惡魔是我的，識相的話就閃一邊去，不要來攪局。」撂下這番話，穆恩大搖大擺地回到座位上。

眾人紛紛不滿地議論起來，蜜安雖然還在氣頭上，但比起那些冒險者，她現在也感覺擺明要獨占怪物又瞧不起人的穆恩更加討厭。她越想越氣，最後索性扭頭去找仍在療傷的自家隊友，至於跟她吵架的幾個冒險者則回到角落去重新商討對策，還時不時看向穆恩，目光怨毒。

「你這不叫和事佬。」亞倫覺得穆恩對和事佬的定義和他不太一樣。把所有人的仇恨拉到自己身上，讓自己成爲大魔王使眾人停止爭執，這叫哪門子的和事佬？

「你自己說的，讓他們冷靜一點，並問出昨天發生了什麼事，我可是都做到了。」

「我是叫你展現魅力，不是去惹人嫌……」

「怎麼沒有展現？」穆恩一手托腮，隨手拿起一塊麵包啃著。「他們不是臣服於我作爲壞蛋的魅力了嗎？」

亞倫在內心嘖了一聲，他就知道穆恩會以不合常理的方式證明自己的魅力，下次他一定要提個特別難的任務給穆恩。

「既然那位惡魔是藉由咬人來變強……」把注意力轉回正事上，亞倫仔細思索著接下來的計畫。「那我們就必須倚靠非血肉之軀的魔像來打倒他。」

「那傢伙很棘手，能逼退一隊菁英冒險者，恐怕要有一隊奧爾哈的巨人才能制伏了。」穆恩開玩笑地說。

「眞要這麼做也沒問題，這裡可是騎士之鎭，有許多擅長戰鬥的魔像。」亞倫將艾爾艾特抱在懷裡，溫柔地摸摸小木偶的頭。他相信那些可愛又忠誠的魔像辨得到。

「喂，那邊那個還在玩玩具的小夥子。」

一道粗聲粗氣的聲音從兩人的桌邊傳來，亞倫明白對方是在叫他，因此看了過去。

方才與蜜安吵架的那名冒險者隊長趾高氣昂地說：「我看你一副涉世未深的樣子，所以特別警告你一下，跟著那傢伙有幾條命都不夠賠，你根本不曉得自己和怎樣的人組了隊。」

「謝謝你的忠告。」亞倫禮貌地微笑回應。

「我的隊友輪得到你來勸？去去去，人家可是個剛出來冒險的小少爺，別跟他說些有的沒的。」穆恩沒好氣地驅趕對方。

那名冒險者半是同情半是不悅地離開酒館，在走出大門時還不忘詛咒穆恩，然而引戰的當事人卻若無其事地享用著早餐。

「你到底在想什麼？」亞倫發覺穆恩好像是在刻意擺出惹人厭的樣子。

「會問這種問題果然是涉世未深。」穆恩一如往常那般吊兒郎當。

亞倫挑了挑眉，當他們走出酒館遠離那些冒險者後，穆恩這才說出自己的打算。

「聽好，你對冒險者來說可是極有吸引力的怪物，要是被他們得知哥雷姆王子不但還活著，甚至成了怪物，他們絕對會爭先恐後地討伐你。」

穆恩罕見地收起輕浮的態度，他的語氣一點也沒有開玩笑的成分，反而有些嚴肅。

在其他冒險者面前，穆恩希望亞倫表現得越柔弱越好，因爲強者不會將弱者放在眼裡。他年幼時就是憑藉這個優勢生存下來的。

「更何況，你還是個信奉魔像教的魔紋師王子，冒險者們殺了你不會有任何罪惡感。他們可以替你編造故事，譬如你被魔法師詛咒，變成了凶惡的怪物，於是只好殺掉你，或者哥雷姆國就是因爲你信仰邪教引來魔神，才招致滅亡。他們只要把你說得罪大惡極，就能成爲爲民除害的英雄。」

類似的事穆恩看多了，所以他才忍不住對亞倫多講了幾句。只要想到亞倫有可能被討伐，他就不太高興。雖然嘴上總說亞倫是邪教菁英、怪物王子，可是他並不會因此想除掉亞倫，也認爲沒有必要。

有怪物的地方就有冒險者，且並非所有冒險者都會花心思了解事件的全貌，有些人只知道殺掉怪物就能當英雄，這是部分冒險者一直以來信奉的眞理。

剛才跟蜜安吵架的那群冒險者恐怕就是這類人，他不得不提醒亞倫。

亞倫的魔紋師身分遲早會曝光，問題是要如何在曝光後不淪爲眾矢之的。穆恩還未想到好的應對方法，不過提前做準備總不是壞事。

亞倫想想遭到眾人敵視的阿德拉惡魔，再想想自己，也認爲穆恩說的有理。他現在處境艱難，要是被其他人得知這裡可能還有第二個阿德拉惡魔，他就完蛋了。

「你要盡可能裝成柔弱無害的樣子，讓更多人站在你那邊。大部分的冒險者都希望自己在故事中是個英雄，所以你要在他們的故事裡扮演需要被救助的弱者，或者表現得比他們更善良美好，因爲英雄不會欺負老弱婦孺與善良的人。」

雖然亞倫不是不明白穆恩的話，他依舊不太能理解穆恩的決定。「這麼說來，你的解決辦法就是由你當壞人？」

「那還用說，我生來就是當壞人的料。」穆恩理所當然地回應。「你不也這麼覺得？」

「可你現在是我的騎士。」亞倫對此不太滿意。「你沒有當壞人的必要。阿德拉惡魔是我們的，不是你一個人的，我是你的隊友，不是什麼都不會的紈褲子弟。」

「與其跟我爭論這個，你還不如想想哪裡可以找到魔像，別忘了我們時間不多。」

這句話確實有道理，想到危機四伏的小鎮與阿德拉惡魔，亞倫只好暫且把這件事放在一旁。

「我們可以先去劍術大師賽西羅的家找找。」即使亞倫完全不知道路，對於這座城鎮還是有一些了解的。他手上拿著酒館老闆畫給他的簡易地圖，胡亂比對著。「賽西羅爲我國服務多年，晚年時才返回故鄉。在他退隱之後，仍有許多騎士慕名來拜訪他，人類與魔像騎士都相當崇拜他，因此如果要找魔像，賽西羅的家最有機會找到。就算賽西羅家沒有，附近的民宅肯定也藏有一兩尊。」一路上，亞倫憑著印象對穆恩說明，語氣流露幾分憧憬。「對我們而言，賽西羅就是英雄的代名詞。英雄能扭轉命運，爲人們帶來希望，賽西羅毫無疑問做到了這一點。」

令亞倫扼腕的是，在他出生時，這位劍術大師便已作古，他僅能透過其他人的轉述了解這位大師的傳奇事蹟，無緣得見本人。

「他幹了什麼事讓你們這麼崇拜他？」穆恩一邊研究地圖一邊問，他也挺好奇能使邪教之國的人民如此崇拜的對象究竟有何等能力。

「他能殺死魔像。」

「啊？」出乎意料的答案讓穆恩拿著地圖傻住了。

「當人人都可以持有魔像時，難免發生雙方指使魔像互相攻擊的事，甚至出現地方上的動亂。」

穆恩聞言毫不意外，他猜想發生衝突的理由八成也很簡單，為了名聲地位或權勢財富之類的。

「魔像擁有堅不可摧的軀體，以及超乎常人的破壞力，人類要打贏魔像幾乎是不可能的，然而賽西羅做到了。他依靠精湛的劍術，在平定動亂時擊敗不少魔像，死在他劍下的魔像不計其數，除此之外，他也剿滅了許多騷擾哥雷姆國的怪物，他是死神，也是英雄，似乎沒有他殺不死的生物。遺憾的是他不收徒弟，即使許他一生榮華富貴，他也不願傳授自己的劍技給他人，直到魔像英雄加克出現。」

穆恩哼笑一聲，對於這戲劇化的發展嗤之以鼻。「魔像殺手最後收了個魔像徒弟，不覺得有點可笑嗎？」

「當年這件事也令眾人不敢置信，很多人都勸阻賽西羅，畢竟魔像是單純的魔法生物，一生只為指令而活，學習能力有限。劍術是一門複雜的學問，要魔像去學劍術，就像是丟給孩童一本厚厚的高等數學課本，希望他融會貫通一樣，太過艱澀了。但賽西羅獨排眾議，不僅成功讓加克繼承了他的劍術，還讓加克成爲史上第一位魔像軍官。」說到這裡，亞倫笑了笑。「正因爲這是一個看似可笑的決定，所以當賽西羅成功後，才能締造一段佳話。賽西羅用盡一生使人們了解到，魔像跟人類其實沒有太大分別，他們的生命跟人類同樣脆弱，也跟人類同樣具備智慧與情感。」

艾爾艾特抓緊了亞倫的衣角，抬頭仰望著他，他的目光炯炯有神，和往常一樣沉默無話，一舉一動卻都傳達出自身意念。

穆恩只覺自己無法理解這個國家的居民，他們既把魔像當成神祇，卻又製造出魔像殺死魔像，魔像對哥雷姆人而言包含著太多意義，居民與魔像間的關係奇妙而矛盾。

他們走在街道上，魔花馥郁的芳香充斥在空氣中，替每個經過的旅人染上淡淡清香。紅色魔花伸出翠綠的荊棘，攀附在院落的籬笆與房屋的窗臺，幾戶人家的大門掛著魔花編織成的花圈，嫣紅的花瓣散落一地，猶如替地面鋪上一張紅毯。

有了奧爾哈村的經歷，穆恩可以明白爲何紅色魔花在此地特別常見，縱使魔像已沉睡百年，居民們依舊維持著從前的習慣，在住所種下紅色魔花，期待魔像們有朝一日能甦醒。

兩人花了好一番工夫才終於找到賽西羅大師的家，如他們所料，賽西羅的宅邸占地頗廣，氣派的洋房附帶一座寬廣的前院。前院大門前搭了兩座白柱平臺，上頭空蕩蕩的，彷彿原本該有什麼東西站在上頭，然而如今空無一物。

當他們打算踏進前院時，一名看起來像守衛的大叔把他們攔了下來。

「這裡是英雄賽西羅的家，閒雜人等不得進入。」留著落腮鬍的大叔揮揮手，神情不耐煩。「百年來有太多像你們這樣的冒險者假借觀光的名義闖入，卻把宅邸裡值錢的東西摸走了。」

穆恩與亞倫面面相覷，雖然亞倫想說自己也是哥雷姆人，不過現在還不是時候。

「我們真的只是要參觀一下而已，絕不會做什麼的。」亞倫擺出端正的態度，試著取得大叔的信任，大叔卻指向吊兒郎當的穆恩，粗聲粗氣地說：「這些年我見過各色各樣的冒險者，這人一看就知道是手腳不乾淨的傢伙。」

「別以貌取人啊，大叔，我可是個堂堂正正的騎士，連王子都護衛過。」穆恩拍拍腰間的劍，氣定神閒地反駁，想必經常被懷疑。

「這位英勇的騎士，我能明白想守護賽西羅大師宅邸的心情。」亞倫誠懇地說，聽得守門大叔滿腹疑惑。

「小子，我可不是騎士——」

「怎麼不是騎士呢？您守在賽西羅大師的家門前，不讓任何有心之人闖入，明明沒人命令您這麼做，您卻發自內心地去守護某件事物，這般高潔的心性不就是騎士嗎？」亞倫雙手在胸前交握，由衷地說：「這裡不愧是騎士之鎮，連居民都具備騎士的品格。」

「不……你、你太抬舉我了，雖然我外公確實是騎士，但……」大叔陷入了混亂，他看起來相當不好意思，又不禁心花怒放。「我沒騎士那麼厲害……」

「拜託你了，騎士先生。」亞倫上前一步，握住大叔的手。「我從小便嚮往這座騎士之鎮許久，感受到您高潔的品格，令我更加渴望進入這間屋子一睹賽西羅大師的風采。我保證我們會安分地在裡面參觀，什麼都不會做的。」

大叔被誇得暈頭轉向，終於在亞倫閃亮的眼神下點頭。

「行……行了！我帶你們進去就是了。記住啊，太陽下山之前要給我出來！」大叔難為情地擺擺手，把前院的大門打開，讓亞倫和穆恩進入。

洋房前也有兩名守衛，從他們身穿鎧甲來看，應該是真正的騎士沒錯了。見到亞倫和穆恩，他們立刻面露警戒，大叔趕緊說：「他們只是崇拜賽西羅大師，過來參觀一下，姑且是能信任的冒險者。」

說完，他隨即扭頭對兩人表示：「進去之前，先把你們身上的武器及行李交給那兩位守衛，聽到沒？這是這裡的規矩。」

「你們也管太多了吧？都說了只是參觀。」穆恩不滿地抗議。

「不接受就滾蛋！賽西羅大師的宅邸裡原本放了多少價值連城的骨董，全被你們這些冒險者小賊幹走了！要不是你們，我們犯得著這樣？」

大叔氣得一口血都要吐出來了，見狀，亞倫拉住穆恩的衣袖，搖了搖頭。

「我懂你們的難處，沒關係，我們會照做的。」亞倫卸下放著畫筆與墨水的小包包，誠實地交給守衛，於是穆恩只好心不甘情不願地照做。

「那我的朋友也交給你們保管了。」亞倫將艾爾艾特也交了出去，兩名守衛不疑有他地收下，雖然他們很好奇亞倫為何會帶著一個木偶。

保證參觀完會讓守衛們搜身後，兩人總算順利進到賽西羅大師的居所。踏入大門前，亞倫朝艾爾艾特眨了個眼，艾爾艾特則默默地目送他。

厚重華麗的大門在他們背後關上，陽光從大片落地窗灑入，照亮了整間宅邸。

賽西羅的故居莊嚴而典雅，一進去就可以看見一道寬廣的樓梯直通二樓，枝形吊燈垂掛在天花板上，顯得相當奢華。

縱使經過百年，整座宅邸依舊整潔如新，屋內沒什麼灰塵，骨董家具也保持著當年的樣貌，幾乎沒有損壞。

「這裡的居民眞的很崇敬賽西羅，宅邸保存得非常好。」亞倫忍不住感嘆，他隨意在大廳轉了一圈，感覺自己重回了百年前哥雷姆國尚未滅亡的時候。

穆恩則像個賊一樣到處翻人家的抽屜，發現每個抽屜都是空的以後，也跟著喟嘆。「哪裡保存得好，値錢的小東西還眞的全沒了。」

亞倫無語地一把拉過穆恩，阻止他的行爲。「等你到了我的城堡，屆時値錢的東西隨你拿。作爲交換，你不能偷這裡的財寶。」

想想城堡中那些價値連城的寶物，穆恩只好遺憾地同意了。

「我聽見微弱的魔像聲音，這裡一定有魔像。」亞倫說完，從大門口的窗邊探出頭，望向窗外的艾爾艾特。

艾爾艾特頹然坐在兩位騎士後方，接收到亞倫的視線，他悄悄挪動了身子，摸走放在旁邊的小包包，又悄悄地將包包遞至窗臺。

亞倫不動聲色地把窗戶推開，接下包包。完成任務，艾爾艾特迅速返回原處，再度化爲普通的木偶。

穆恩在一旁將這鬼鬼祟祟的畫面全看在眼裡，他搭上亞倫的肩，不懷好意地笑著說：「我感覺殿下也有做賊的潛能，你眞的不想嘗試看看當小偷的滋味？我可以教你。」

亞倫斜眼瞧他，搖了搖頭。「身爲一個王子，什麼該做什麼不該做我很清楚。」

「現在除了我跟艾爾艾特，沒有人知道你是王子，你不說，我不說，誰曉得？」穆恩眞心覺得像亞倫這種高高在上的人規矩特別多，他們老是十分注重自己的形象，活得拘謹無比。

「曾經有人告訴我，想成爲什麼樣的人是由自己決定的，因爲自己最了解自己，也只有自己才能改變自己。」

亞倫的腦海中浮現一個穿著紅披風的高大身影。

「很少人生來就能做好自己的職責，我是如此，加克也是，我們都被質疑過，總有人認爲我們不是當王子或騎士的料。」亞倫帶著穆恩漫無目的地探索宅邸，他隨意推開一扇門，正好是廚房。

「加克被懷疑還算了，他本來就不是人類，被懷疑也正常。可是你？」穆恩難以想像有人會質疑亞倫是否夠格作爲王子，他明白這是位有些任性的王子殿下，但亞倫表面工夫做得很好，在大多數人面前，亞倫優雅紳士、溫柔善良，在穆恩看來可說是非常王子。「故事裡都說你是位受人民愛戴的王子，原來是假的？」

「不，只要我出現在公共場合，想見我的人民往往絡繹不絕。但有些大臣認爲我是個長不大的男孩。」亞倫的語氣十分平靜，就好像在述說一件與自己不相干的事。他一邊翻著櫥櫃，一邊解釋：「他們認爲我不該成天醉心於魔像，應該多學習帝王學與政治學。」

亞倫翻出一支鍋鏟，他手握鏟柄，假裝它是一根長杖，裝模作樣地揮了揮。

「他們說，『亞爾戴倫殿下，身爲一個王子，您要博學多聞、博古通今，並能學以致用；您要溫文儒雅、威儀不肅，讓國民感到您親切和善，且還要使他們發自內心地敬重您。除此之外，您必須心懷天下子民，關心哥雷姆國的國務，而不是整天沉浸於魔像技藝』。」

穆恩雙手抱胸，打趣地說：「然後？我猜你表面上答應，實際上根本不把他們放在眼裡？」

「王子殿下心懷天下，任何人都會放在他的眼裡。」亞倫裝出正經八百的模樣。

「少來了，你這麼自戀，眼裡只看得到自己。」穆恩毫不留情地吐槽，說完又補了一句：「還有魔像。」

「還有你。」亞倫笑咪咪地調戲回去，不忘朝穆恩眨了個眼。

「還不快給我認真找！」穆恩被說得雞皮疙瘩都起來了，立刻把亞倫趕去幹正事。不過不知爲何，他發覺自己比平時還要有幹勁。

他一直以爲自己跟亞倫這種出身富貴的人之間，有一道難以跨越的隔閡，可是如今隔閡減少了些。

亞爾戴倫理應是高貴的王子殿下，卻跟他一樣擁有普通人的煩惱，亞倫也達不到大人對他的期望。當亞倫以滑稽的語調模仿周遭的大人對他說出的要求時，穆恩才意識到自己也曾活在不合理的要求之下。

「穆恩你看，我找到了！」亞倫興高采烈地捧著一個木偶，獻寶似的湊到穆恩面前。

躺在王子殿下掌心的是老鼠木偶，木偶的身軀小巧可愛，一對眼珠子圓滾滾的，圍著髒髒的白圍裙，手持一把菜刀。

穆恩狐疑地打量小老鼠，當他在小老鼠背後看見黃色的心臟魔紋時，忍不住開口問道：「這傢伙是廚房打雜用的魔像嗎？」

用老鼠作為廚房幫手，穆恩對哥雷姆人的品味不敢苟同。

「是的，這孩子體型嬌小，也很適合用來擊退小偷。」亞倫興沖沖地拿出工具，重繪小老鼠的魔紋，不出十分鐘便修復完畢。小老鼠魔像從廚房吧檯上站起來，好奇地東張西望。

亞倫點了點小老鼠的頭，柔聲詢問：「小朋友，你還記得這個家的其他魔像在哪裡嗎？」

小老鼠搔搔頭，雖然對現狀有些疑惑，他還是聽話地點點頭，從桌上跳下來，拖著他的長柄菜刀盡責地當起嚮導。

他們來到餐廳，小老鼠告訴亞倫，以前賽西羅會安排四名魔像騎士站在四個角落，他總是一個人坐在偌大的長餐桌前，面對四名沉默的魔像吃晚餐。然而此刻四個角落空空如也，餐桌也顯然許久沒人使用過了。

他們來到空曠的後院，小老鼠告訴亞倫，賽西羅跟加克以前常在此處進行劍術訓練，當他們對練時，附近的魔像與人類騎士們都會躲在不遠處偷看，然而此刻一個偷窺者也沒有。

他們來到臥室，小老鼠告訴亞倫，賽西羅每晚睡前都會到陽臺吹吹風，眺望遠方，家中的兩隻老鷹魔像守衛則會一左一右守在他身旁，然而此刻老鷹守衛不見蹤影，整個房間散發出寂寥的氛圍。

「嗯？」探索臥房時，亞倫瞧見一幅對著床頭的油畫，畫中有三道身影。

油畫的背景是賽西羅宅邸的後院，畫面中心是一名不苟言笑的紅披風騎士，他的臉上留有歲月的痕跡，表情冷硬得彷彿無論請來多出色的吟遊詩人爲他歌唱，都無法使他爲之動容。紅披風騎士的左邊是一位年輕男子，他打扮樸素，手裡抱著一把豎琴，臉上笑容燦爛，右邊則是一名穿戴哥德式鎧甲的騎士，身姿英挺的他站在紅披風騎士身旁，一看就知道是名英雄。

「怎麼了？」穆恩見亞倫看得出神，於是過來瞧瞧。亞倫的目光緊盯著右邊的鎧甲騎士，而穆恩也越看越覺得熟悉。「雖然沒披著披風，但這傢伙是魔像加克吧？」

亞倫毫不猶豫地頷首。

穆恩又指向中間的紅披風騎士。「那這傢伙肯定就是賽西羅了。旁邊那個像路人的傢伙又是怎麼回事？」

亞倫搖搖頭。「這就不清楚了。賽西羅這輩子的親傳徒弟只有加克，不過這幅畫會放在這裡，就代表這個人對賽西羅來說肯定也很重要。」

既然沒有答案，穆恩也懶得多想，他只知道男子的身分對此刻他們要找魔像這件事毫無助益。

看了一會後，亞倫依依不捨地別開目光，回頭詢問正在用毛巾擦拭菜刀的小老鼠。

「還有其他地方嗎？我們想要找紅紋魔像，你還有印象在你沉睡之前，紅紋魔像們都跑去哪裡了嗎？」

小老鼠想了想，對著亞倫比手畫腳，王子殿下煞有介事地點點頭，時不時回應幾句話。

穆恩旁觀著過程，眞心認爲亞倫和能與小動物溝通的公主沒兩樣。

「奇怪，這孩子說在他沉睡之前，魔像們本來全都待在宅邸裡的。」亞倫一手捧起小老鼠，困惑地歪了歪頭。他東張西望，想不出魔像消失的原因。

穆恩想起方才守衛大叔提過，這裡的財寶被冒險者們竊取了不少，而他身爲一個猥瑣的冒險者，自然也做過許多手腳不乾淨的事，在他闖空門時，只要是搬得走的值錢物品他都會拿走。

試想，如果是他在宅邸裡看見滿屋子的魔像騎士，他會怎麼做？

「我知道在哪了！」穆恩靈光一閃，他睜大了雙眼，一把抓住亞倫的肩，急匆匆地說：「你還記得我們在鎮上看過許多鎧甲騎士嗎？那些就是魔像！」

亞倫一臉呆滯。「什麼意思？」

「就是字面上的意思啊！」穆恩急躁地解釋。「那些魔像被冒險者們穿走了！鎧甲裡面是空的，所以冒險者們以爲是普通的裝備，就直接穿走了！」

亞倫依舊呆愣地看著穆恩，身爲哥雷姆人的他完全無法理解。

「剛才那個大叔不是說，有太多冒險者來賽西羅的家偷走值錢物品嗎？賽西羅是位有錢的劍術大師，家中肯定收藏了許多武器與裝備，反正人都死了，冒險者就直接把他的收藏幹走了，包含那些魔像騎士。」

「天啊……」亞倫一時說不出話。「你們冒險者眞是……太野蠻了。」

魔像騎士被人穿走，這是亞倫做夢也想不到的，這下要找出那些魔像並復活更加困難了。

就在此時，小老鼠拉了拉亞倫的衣袖，他用菜刀指指上頭，接著從亞倫手上跳下去，在長廊上奔跑起來。

「跟著他走。」亞倫連忙帶著穆恩追上，兩人一路跟隨小老鼠抵達了布滿灰塵的閣樓。

小老鼠再度指了指天花板，示意亞倫推開天窗。

「這是怎樣？不要跟我說那上面有魔像啊，把魔像藏在屋頂也是夠奇怪了。」比亞倫高的穆恩主動接下這個任務，他推開天窗，靈巧地攀了上去，隨即無言了。

還眞的有。

只見兩座雕工精細的白色老鷹石像待在屋頂上，感情很好似的依偎在一起，他們胸前繪有紅色的心臟魔紋，看樣子是賽西羅家僅存的守衛。

「太好了，門衛還在！」亞倫跟著爬上屋頂後，興高采烈地加快步伐，結果一個打滑差點從屋頂上滾下去，所幸穆恩及時拉了他一把。

見亞倫雙眼放光，穆恩有些好笑地說：「急什麼？魔像又不會跑。」

「等我喚醒他就會跑了。」亞倫重新站穩腳步，撲到兩座老鷹石像前方，痴迷地盯著胸口的心臟魔紋。「不愧是賽西羅大師的魔像，這魔紋畫得眞完美……」

「你到底要不要開始畫？我們無法在這待太久。」穆恩實在不想承認這傢伙是自己的隊友，略感丟臉地催促亞倫。

不用他說，亞倫已經喊了句咒語讓老鷹們身上隱藏的魔紋盡數顯現。他一邊喃喃自語，一邊拿出畫筆飛快描繪：「這道飛翔魔紋的線條眞漂亮，細膩而優美，當初畫這道魔紋的魔紋師應該來城堡考皇家魔紋師的。還有言之魔紋，有了這道魔紋，老鷹就能發出叫聲了，賽西羅家的老鷹居然會叫，太棒了——」

他說話的速度跟下筆的速度一樣快，老鷹魔像的魔紋逐漸在他筆下重生。穆恩猜想所謂的天才大概就像這樣，亞倫的眼裡滿是對魔紋的熱忱，此刻腦中除了魔像根本塞不下別的。

趁著亞倫專心描繪魔紋時，穆恩又溜了下去。雖然答應了亞倫不能亂拿屋裡的東西，他仍舊不死心，心想偷根銀匙也好。

可惜阿德拉鎮的居民把值錢的東西收拾得乾乾淨淨，他在屋中尋找半天都沒發現什麼值得下手的物品。

經過賽西羅的臥房時，穆恩再度把目光放到了那幅畫上。

畫框被嵌在牆面上，顯然這就是它沒被搬走的原因。這幅畫的尺寸不小，還牢牢固定在牆壁，冒險者們懶得花這麼大的力氣偷，也因此他才有機會見到畫中栩栩如生的魔像英雄。

他察覺亞倫特別在意加克，如果可以的話，他也想把加克找出來。有魔像英雄作爲助力，他們對上魔法師肯定比較有勝算，可惜不曉得加克如今流落何方。

忽然，他的褲管被輕輕扯了下，穆恩低頭一瞧，原本跟著亞倫的小老鼠不知何時來到他身旁。

小老鼠舉起菜刀，指了指自己，再指指穆恩腰間的佩劍。

「啊？什麼意思？」穆恩沒有亞倫那種心電感應的能力，他向來認爲與魔像溝通是件困難的事。

小老鼠又比手畫腳了一陣，見穆恩還是不懂，他氣得跺了跺腳，直接舉起菜刀朝穆恩砍去。

「你幹什麼！」穆恩急忙閃開，瞠目結舌地看著小老鼠擺出專業的戰鬥架勢，這才終於明白對方的意思。

「你他媽的是黃紋魔像吧？找人切磋劍術是哪招？」他才剛說完，小老鼠又砍過來，穆恩逼不得已只好拔劍應戰。

開玩笑，這可不是鬧著玩的，他面對的不是普通魔像，而是劍術大師家的魔像。小老鼠握著比自身還長的長柄菜刀，揮砍的動作異常俐落，並靈活地運用嬌小的身軀在穆恩身周亂竄，伺機刺擊，出招凌厲快速，強得穆恩幾乎要以爲這傢伙是紅紋魔像。

他忽然覺得亞倫根本不必特地喚醒屋頂那兩隻老鷹了，光是這隻小老鼠就足以制住阿德拉惡魔。

「我警告你，不要製造出太大的動靜，等等大門外的守衛聽見聲音跑上來就不妙了。」穆恩不想跟小老鼠打，他隨便地邊應付攻擊邊退到樓下的走廊，然而當他提及守衛時，小老鼠朝大門望去，似乎有找那些守衛幹架的意思。

「你別去搗亂！現在還不能被他們發現你的存在！」穆恩一把將小老鼠拎起來，搶走對方的菜刀，打算去向亞倫告狀。小老鼠拚命掙扎，可惜穆恩的體型比他大上好幾倍，黃紋小老鼠只能氣呼呼的被穆恩抓在手裡，帶去找亞倫。

當穆恩翻上屋頂時，正巧見到已經甦醒的老鷹魔像待在亞倫身旁，皮膚粗糙的他們親暱地蹭著王子殿下，溫順地讓亞倫搔他們的下巴。

「你回來了啊。」亞倫就像個奇異的馴獸師，他一手撫摸一隻老鷹，回頭笑著和穆恩打招呼。「這些孩子很可愛對不對？要摸摸他們嗎？」

「免了。」穆恩完全沒興趣摸這些粗糙的石像，話音剛落，其中一隻老鷹立刻振翅飛到他旁邊，興致勃勃盯著他腰間的劍。

「我感覺光是一隻就足以讓泰歐斯那群人團滅。」穆恩打量了下老鷹魔像，老鷹的身形幾乎跟他一樣高，眼窩鑲著漂亮的黃寶石，翅膀張開來足足有幾公尺長，輕輕一搧便能掀起一陣強風。

在冒險者公會裡，冒險者們通常得組隊才能應付這種等級的怪物，亞倫僅花費半天時間就喚醒兩隻，魔紋師果然是魔王般的存在。

「能夠跟隨賽西羅大師的魔像都不會是簡單角色。」亞倫輕撫老鷹，令其展開翅膀，讓自己好好檢查魔紋。「我相信這些孩子一定能幫上忙的。」

他一手放到老鷹的心臟魔紋上，一手摸著老鷹的面頰，柔聲說道：「好孩子，今晚在鎮上飛個幾圈，幫我找出傳說中的阿德拉惡魔。誰要是敢妨礙你們，就反擊回去，只要不把對方殺掉就好。」

老鷹們發出開心的咕嚕聲，磨石般的可怕聲音讓穆恩雞皮疙瘩都冒出來了。

「怎麼樣，這個等級的幫手肯定能捕獲阿德拉惡魔的，對吧？」亞倫笑盈盈地詢問他的夥伴。

儘管阿德拉惡魔是他們的首要目標，然而穆恩不會忘了自己的另一個任務。

亞倫既是能與小動物溝通的善良王子，也是能驅使怪物的邪教薩滿，如此獨特的隊友只能和他組隊，因為只有他能接受亞倫的古怪與特別，他不會讓其他冒險者將武器指向亞倫。

想到這裡，穆恩不自覺地揚起嘴角，由衷地說：「我保證絕對會搶在那些冒險者之前，把阿德拉惡魔拿下。」

第三章

夕陽西下，阿德拉鎮被無盡的黑暗吞噬，清冷的街道上陰風陣陣。

一名魔紋師抱著木偶，踏著優雅的步伐走在街上，他的身旁伴隨著點點詭譎紅光，令他俊美異常的容貌添增一絲妖豔。

忽然，魔紋師停下腳步，他闔上雙眼，豎耳傾聽那些常人聽不見的聲音。

「一定會引起騷動？沒關係，我們的首要目標是阿德拉惡魔。」他自言自語般地說著。「有人妨礙你們，就讓他們吃點苦頭，重要的是別讓他們接近阿德拉惡魔。」

「不必擔心，你們明白該怎麼做的。」亞倫睜開雙眼，冷靜地指向前方。「去吧。」

接收到他的命令，棲息在民宅屋簷上的兩隻石雕老鷹展開翅膀，振翅飛上高空。

「好了，我們找個地方等著吧。」目送老鷹的身影消失在夜色中，亞倫溫聲對懷裡的小木偶說。

艾爾艾特靈巧地脫離他的懷抱跳下來，掏出短刀，左顧右盼確認沒有敵人後，點了點頭。

一切照計畫進行。

在夜晚來臨前，亞倫和穆恩迅速擬定了計畫。由穆恩與兩隻老鷹進行地毯式搜索，亞倫則待在暗處掌控局勢，他一方面得指揮兩隻老鷹協助穆恩追捕阿德拉惡魔，一方面還得防範其他冒險者來跟他們爭奪獵物。

「你聽好了，絕不能被我的同行發現是你在命令那兩尊魔像。」分頭行動之前，穆恩板著臉嚴肅地警告亞倫。「你是魔紋師這件事遲早會曝光，但要是在抓到怪物前就被其他冒險者發現，他們肯定會千方百計地阻撓你。因爲對冒險者來說，魔像是敵人不是盟友，即使你的目的也是拯救哥雷姆國，可無論你如何解釋，他們都將難以打消對你的懷疑。幸運的話，他們只會對你心生戒備，不幸的話他們可能會攻擊你，到了那時你一定要逃走，要是他們察覺你是不死之身，你就會成爲阿德拉惡魔第二，被他們討伐。」

「你們冒險者怎麼那麼過分……沒事就攻擊別人……」

「不是所有冒險者都是這樣，但絕對有人是。尤其當你是他們的競爭對手時，只要有機會落井下石，他們通常不會放過。」穆恩不放心地再三叮囑。「你待在不起眼的角落指使老鷹就好，千萬別來蹚渾水，聽見沒有？」

其實亞倫很想參與這場冒險，但想到與其他冒險者爲敵的後果，他不得不點點頭，畢竟穆恩在外打滾多年，聽自家隊友的比較妥當。而且雖然不能隨意行動，亞倫還是有不少事要做。

石雕老鷹在空中飛翔，紅色魔紋如藤蔓一般遍布整個翅膀，在黑夜中散發駭人光芒。他們速度飛快，猶如兩道紅色流星劃過天邊，引起了街上行人的注意。

「喂，那是什麼……」一名正在尋找怪物的冒險者率先瞧見紅色流星，他疑惑地舉起手，想示意身旁的隊友們留意，一道足以跟報喪女妖比拚的刺耳聲音便驀地從天空傳來，差點沒把大夥兒嚇死。

「搞什麼！」

「是新的怪物嗎？」

冒險者們個個露出扭曲的表情摀住耳朵，難以置信地盯著夜空，待在旅店裡的數名冒險者也紛紛跑到大街上一探究竟。當他們還在議論紅色流星究竟是什麼東西時，魔像老鷹驀地選定了目標，朝旅店俯衝而下。

「小心，攻過來了！」

冒險者們繃緊了神經，擺出架勢準備迎敵，然而流星卻降落在旅店對面那棟建築的屋頂。

魔像老鷹俯視著底下的人類們，高高揚起翅膀，發出震耳欲聾的叫聲。

「我的天啊……那是魔像嗎？」

「怎麼可能……這裡居然有魔像，該不會是魔法師派來的……」

「怎麼辦，我從沒跟魔像打過，那東西看起來刀槍不入，該怎麼打！」

冒險者們頓時如臨大敵，突然出現的魔像徹底打亂眾人的陣腳，有些人更是直接陷入了恐慌。

要是穆恩看到這一幕，肯定會掐死亞倫，因爲挑釁冒險者並不在他們的計畫內。

然而在魔像老鷹的思維中，一切皆是按計畫行事，他們在百年前也常像現在這樣，迎擊闖入阿德拉鎮的怪物。

紅紋魔像為戰鬥為生，地盤意識也很強烈，對於哥雷姆國的敵人與帶來災禍的怪物絕不留情。魔像老鷹習慣向那些不長眼的敵人尖嘯，告訴對方自己才是這裡的老大，所以他們一飛上高空就發出刺耳的咆哮警告阿德拉惡魔；而眼下他們則是在警告冒險者們別亂搞，這座小鎮可是魔像的地盤。

但聽在冒險者們耳裡，這分明是在向他們宣戰，見老鷹的黃寶石眼睛閃著光芒，他們的寒毛都要豎起來了。想不到就在這時，躲在屋子裡的民眾竟一個個踏出了家門，紛紛湧向街道。

「這令玻璃都為之顫抖的叫聲，這高大偉岸的身影！」

「是賽西羅大師的守衛老鷹！我的天啊，我是在做夢嗎？」

「一定是霍普發現自己的雕像被摧毀，忍無可忍讓老鷹從長眠中甦醒了。」

與冒險者們的反應截然不同，阿德拉鎮的居民有如目睹神祇顯靈一樣，激動萬分地仰望著魔像老鷹。有的人感動到哭了出來，有的人跪了下來，所有居民你一言我一語地讚美老鷹魔像，並虔誠祈禱。

「始祖魔像聽見我們的求救，派魔像來保護我們了！」

「嗚嗚……沒想到有生之年能見到這些魔像再度動起來，哥雷姆國有救了！」

「一定是始祖魔像霍普的保佑。讚美霍普！」

冒險者們呆滯地旁觀居民們集體陷入欣喜若狂，心中無比錯愕。

「這個國家的人果然全是邪教信徒……」

「我到底看了什麼？」

「那是帶著敵意的怪物，不是什麼守護神，你們清醒一點！」

在冒險者們崩潰不已時，待在城鎮某一角的穆恩也聽到了老鷹的叫聲。他踹了旁邊的欄杆一腳，氣急敗壞地連連咒罵。

「那個蠢王子！不是跟他說要低調了嗎！」一想到那些同行會如何看待魔像，穆恩越想越是無語問蒼天。

他覺得事情不能再更糟了，可阿德拉鎮的居民們不這麼認爲。

穆恩剛好待在教堂附近，只見原先窩在教堂足不出戶的那些信徒統統跑出來了，他們光是瞧見紅色流星劃過就明白發生了什麼事，大半信徒都跪了下來，攤開雙手誦唸著祈禱詞。

「那眞的是賽西羅的老鷹嗎？」少年信徒盯著天空，表情隱約流露質疑。

「傻孩子，那當然是。」老人信徒語帶斥責，開始娓娓道來：「雖然我從未親眼見過，但從小就聽父母說過劍術大師賽西羅的故事。傳說，大師的宅邸中有兩尊巨大的老鷹門衛，不僅守護賽西羅家，也守護著整座阿德拉鎮，凡是被老鷹逮住的罪犯都會被那對巨大的爪子抓起來，扔進地牢。當他們飛行時，翅膀上的紅色魔紋會顯現出來，在黑夜中散發光芒，猶如一道紅色流星。當他們發出震耳欲聾的叫聲時，就代表有人非法入侵城鎮，城中所有魔像聽見聲音便會跟著警戒起來。」

少年聽了不禁感嘆。「有那麼多魔像幫忙，入侵者肯定逃不了。」

「沒錯，所以在百年前，我們阿德拉鎮的治安好到半夜睡在路邊都沒問題。」老人自豪地笑了。

聞言，穆恩內心卻充滿了鄙夷。他心想，這老傢伙肯定是在吹牛，這世上怎麼可能有地方治安好到這種地步。

他將這群信徒拋在後頭，繼續穿梭在大街小巷以自己的方法搜索惡魔，走到一半，驀地聽見了成年男子的哭泣聲。

「終於……終於出現了……始祖魔像霍普，快懲罰那隻惡魔吧，被襲擊一次後，我什麼都失去了，簡直快要活下不去……」

穆恩停在一間房子的後院前，只見一名壯碩的男子手拿鋤頭，抱住自家的狗哭得十分傷心，狗兒也被他的情緒所感染，垂著耳朵嗚嗚哀鳴。

「喂，你剛才說什麼，被襲擊一次？」穆恩懶得安慰男子，毫無同情心地直接切入重點。「你被襲擊過？」

「別提了，想到我就傷心。我養的山羊全沒了，還被咬了一口……」

「在哪，我看看。」穆恩俐落地越過欄杆翻進後院，很快便發現男子粗壯的手臂上有一道結痂的齒痕。

「看起來還好啊？我說你，又不是被啃掉一塊肉，只是被咬一口就能哭成這樣？還是個男人嗎？」

「你不懂！那根本是披著人皮的怪物！」男子激動地揮開穆恩的手。「我永遠忘不了那一晚，那天深夜，我家後院養的山羊突然發出淒厲的慘叫，於是我拿著鋤頭出來看看情況，結果後院到處都是血跡，有個身材纖瘦的人背對著我，手上抱著一隻癱軟的山羊埋在牠的頸子裡啃食。我怒吼一聲，那傢伙慢慢扭過頭……」男子忍不住打了個冷顫，臉色蒼白。「我看到一對不是人類會有的鮮紅眼睛。」

穆恩蹙起眉頭。「然後呢？」

「那傢伙長得跟人類一樣，雙眼卻是異常的紅色，除此之外，他的膚色慘白，臉上與胸前全是鮮血。一見到我，那傢伙放下山羊朝我走來，無論我怎麼拿鋤頭威嚇他都沒用。他死死盯著我，就像看見了美味的獵物……」男子仰望天空，見天邊劃過紅色流星，才繼續努力說下去：「他撲了過來，咬住我的手臂，當下我渾身發軟，感覺自己的力量被吸走了，他貪婪地吸著我的血，直到我家的狗撲上去咬他。」

「吸血？」穆恩瞇起眼，發覺有哪裡不太對。「所以他沒吃了你，而是吸了你的血？」

「是啊，明明沒被吸多少，我卻覺得整個人都要被吸乾了，不過還是鼓起勇氣跟我家的狗一起趕走了那個怪物。」男子萎靡地滑坐在地，半個身子靠在自家的大狗身上。「從那之後，我便感覺相當疲憊虛弱，都沒力氣工作。我一定是得什麼傳染病了，不然怎麼會這樣……嗚嗚……」

「然後呢，你知道怪物可能跑去哪嗎？」

「……你就不能同情我一下嗎？」男子深深感受到人情的冷漠。

「我可是在幫你，要是不早點解決那個怪物，信不信他還會再來咬你？」

聞言，男子又打了個寒顫，連忙指向一個不起眼的巷口。

「他後來逃進那條巷子裡了，有冒險者聽見我的哀號趕過來，聽了我的話追進巷子，那是一條死巷，照理說應該無路可逃，然而怪物卻就這麼消失了。後來我聽鄰居說，他們最近常在那一帶目擊怪物出沒。」

穆恩眉頭深鎖，越想越不對勁。

他想到了亞倫，如果是亞倫，一堵高牆確實奈何不了他，亞倫能憑藉荊棘直接翻牆而過。可是阿德拉惡魔難道也能做到？

在男子的指引下，穆恩來到了怪物曾經消失的地方，巷弄的盡頭正好被一間兩層樓房擋住，常人絕對無法輕易地一躍而過。

穆恩把手放在牆壁上，若有所思地仰望高牆。

初次與亞倫相遇時，他在森林裡見到了被荊棘束縛的動物屍體，而阿德拉鎮的動物們也慘遭惡魔毒手，不過與阿德拉惡魔不同的是，亞倫仍保有理智。穆恩以爲阿德拉惡魔跟大多數的怪物一樣會吃人，如今看來恐怕並非如此。

不是食人血肉，而是食人血液，這也解釋了爲何有這麼多生還者。一開始阿德拉惡魔弱小到一個成年男子跟一隻狗就能擊退，但這已經是過去式了。如今一隊菁英冒險者都打不過阿德拉惡魔，短短幾個月內便成長到此等地步，要是再不想辦法逮住，後果不堪設想。

穆恩認眞思考著，他認爲阿德拉惡魔會變成這樣，跟霍普根本沒什麼關聯，像亞倫這樣虔誠的邪教徒都被詛咒了，阿德拉惡魔不可能是因爲毀了霍普的雕像才受詛咒，肯定是身上早已出現了徵兆，只是蛻變成怪物的時間點正好在毀壞霍普雕像後。

他決定先拋開阿德拉惡魔誕生的謎團，專注於眼前的任務。

若他現在要找的人不是阿德拉惡魔，而是亞倫，那個會殺死森林動物的怪物亞倫，那他該怎麼做？

他沉思了一會，把劍收進劍鞘，拿出隨身攜帶的小刀，咬牙在自己的手臂上劃了一刀。

鮮血從手臂緩緩滑落，在地上染出一點褐色痕跡，穆恩從地上抓了點泥土抹到自己身上，並扯亂衣衫與頭髮，把自己弄得看起來相當狼狽。

他摀住傷口處，一瘸一瘸地邁步向前，心中仔細推敲著阿德拉惡魔可能經過的路徑，裝出虛弱無比的樣子，步履蹣跚地行走於無人的街巷。

此刻鎮上多數人的注意力都在賽西羅家的老鷹身上，老鷹刺耳的叫聲與冒險者們的吆喝從另一頭隱約傳來。當穆恩深入巷弄後，那些聲音逐漸消失在他背後，四周一片鴉雀無聲。

他十分有耐心地以這樣的姿態走過好幾條街，最後幸運地聽見後方響起腳步聲。

他佇足咳了幾下，腳步聲跟著停住。

他再度邁步，這次姿態更加狼狽，幾乎要站不住腳似的，隨即一個打滑跪坐在地，又跌跌撞撞地爬了起來。

時間一分一秒流逝，腳步聲越發清晰，在伸手不見五指的黑暗中，穆恩隱隱聽見荊棘蠢蠢欲動的聲響。

雖然動靜十分微弱，他依然察覺整條巷子都被荊棘占據了，荊棘的尖刺劃過粗糙的牆面，彷彿人類用指甲抓過牆壁，發出令人不舒服的聲音。

穆恩走到被月光眷顧的街角，跪到地上，狀似痛苦地發出哀鳴後，緩緩躺了下來。

腳步聲停頓了下，隨後以極快的速度步步進逼，最後停在他身旁。

他聽見略爲急促的呼吸聲，接著臉頰被冰冷的東西碰觸，是人的手指。如他所料，怪物果然跟亞倫一樣擁有人類的姿態，這也與方才那名男子的說法不謀而合。

纖細的指尖擦過穆恩的臉頰，放到他的鼻子下方，探著他的鼻息。穆恩屏住呼吸，直到手指移開爲止。

受傷的手臂被一雙滑嫩的手小心翼翼抬起，穆恩的傷口處被一陣吐息拂過。怪物吸了一口氣，發出聽起來有些滿足的嘆息，穆恩感覺溼熱的觸感緩緩滑過傷口，顯然是人的舌頭。

穆恩渾身冒出了雞皮疙瘩，他再也裝不下去，猛然睜開雙眼從地上彈了起來，抽出長劍指向怪物。

「你他媽的究竟是什麼鬼！」

穆恩看見一對赤紅的眼睛。

猶如在夜晚綻放的魔花一般，紅瞳在黑暗裡散發不祥的光芒，毫無溫度地盯著他。沒有猙獰的臉孔，只有一張稱得上空靈秀氣的漂亮臉蛋；沒有披頭散髮，只有一頭深褐色短髮柔順地貼在綴著銀色耳環的耳畔。阿德拉惡魔穿著貼身的黑衣長褲，肩披同色系斗篷，彷彿沒有感情的傀儡，眼神空洞、面無表情緩緩站了起來，舔去紅唇上的鮮血。

穆恩呆愣愣地盯著他——不，正確來說是她，那張臉明顯是一名女性。她身姿纖瘦輕盈，看起來相當柔弱，難以想像昨夜能憑一己之力擊退一群菁英冒險者。

「給我……」阿德拉惡魔的嗓音比一般女性低了幾分，機械式地重複著這句話，再度朝穆恩撲去。「快給我……」

「給妳什麼？我的鮮血？」穆恩好笑地說。「妳倒是很囂張，連我們家王子都只挑動物下手，就憑妳也敢襲擊人類？」

「給我！」阿德拉惡魔發出駭人的咆哮，整條巷弄的荊棘瘋狂竄動，像無數小蛇朝穆恩爬去。

「憑這點伎倆就想打敗我？想得太美了吧！要知道，我可是——」穆恩轉身往巷口拔腿狂奔。「我可是有幫手的人！」

他一腳踏出巷子，來到寬廣的大街上，吹起了響亮的口哨。

在城鎮另一頭的兩尊魔像老鷹齊齊望向哨音來源，接著展開翅膀，掀起一陣狂風急速朝穆恩那邊趕去，同時聽到這道哨音的還有亞倫。

「終於找到了！」亞倫抱起艾爾艾特，拉著自己的荊棘借力翻上屋頂，他也吹了聲口哨，其中一隻老鷹立刻轉向，如流星墜落般降落在他身旁。

「走吧，去找阿德拉惡魔。」亞倫迫不及待地爬上老鷹的背，在老鷹振翅飛向高空時，他差點摔下來，但這種刺激的感覺讓他心情很好。

狂風在耳邊呼嘯，底下的街景從亞倫眼中飛快掠過，他看見冒險者們焦急地尋找老鷹的身影，也看見鎮民們一個個走出家門抬頭仰望夜空。這會沒人在乎阿德拉惡魔，大家都把目光焦點放在賽西羅的老鷹身上了。

亞倫的嘴角不禁微微上揚，這才是他印象中的哥雷姆國，一到夜晚就躲在家裡足不出戶可不是哥雷姆人的作風，他們從不懼怕黑夜中的鬼怪，也不擔心遭遇意外，因爲魔像始終守護著他們。

不多時他便趕到穆恩的所在地附近，降落在一處屋頂上。這裡離現場還有一段路，顧著跟阿德拉惡魔戰鬥的人絕不會注意到他。

亞倫的視力相當好，即使隔著一定的距離，仍可以清楚看出阿德拉惡魔的眞面目。

如兩人所料，現在的阿德拉惡魔已經不是一般人能對付的等級，荊棘像是肉眼可見的瘴氣一樣，以阿德拉惡魔爲中心不斷向外蔓延，深色荊棘在牆壁與地面蠕動，隨著阿德拉惡魔野獸般的咆哮對穆恩發動襲擊。

穆恩目光一凜，幾道銀色閃光劃過，荊棘轉眼在他面前被劈成數段。平日站沒站相的穆恩此刻擺出了標準的戰鬥架勢，令亞倫想到城堡裡的那些騎士。

一道龐大的身影掠過穆恩身旁，氣勢洶洶地撲向阿德拉惡魔，巨大的利爪將阿德拉惡魔抓了起來，飛上高空。這個突發狀況讓阿德拉惡魔頓時暴怒，她發出刺耳的叫聲，驅使所有荊棘朝老鷹捲去，轉瞬便把老鷹徹底束縛住，無法伸展翅膀的老鷹從高處墜落，重重地摔在地上。

「不會吧，連老鷹魔像都能解決？」穆恩目瞪口呆，這隻怪物簡直快比亞倫還強悍。他趕緊上前砍斷綑住老鷹的荊棘，但下一秒，阿德拉惡魔猛然撲過來，一口咬住他的手臂。

「穆恩！」亞倫嚇了一大跳，他顧不得會被發現，連忙用自己的荊棘將阿德拉惡魔拉走。

阿德拉惡魔的力氣非常大，她暴力地撕扯著纏在身上的荊棘，並且對亞倫發出響徹天際的怒吼，接著用荊棘捲住亞倫的腳，將他從屋頂上扯下來。

「哇啊！」在即將墜落地面之際，艾爾艾特以短刀砍斷荊棘，迅速握住亞倫的手，自己則緊緊抓住房屋二樓的欄杆，阻止了亞倫繼續下墜。

「你來幹什麼！沒看到那傢伙比你厲害嗎？」

在亞倫輕巧落地後，穆恩立刻趕過來責備他。

斥。

「因爲我擔心你……」

「你少來，明明是很想跟我一樣以冒險者的身分戰鬥才來的吧？」穆恩面無表情駁斥。

「現在不是爭論這個的時候。」亞倫裝出擔憂的樣子岔開話題，他抬起穆恩的手臂查看傷勢，強健的手臂上印有一道鮮紅牙印，亞倫甚至能清晰地聞到鮮血的氣味，這讓他反射性吞了口口水。意識到這點，亞倫一把推開穆恩的手，向後退了一步。「沒想到她變得那麼強，肯定跟昨天咬了泰歐斯隊裡的祭司有關，她會吸收別人的魔力。」

「還有生命力。」穆恩感覺身體有點疲軟，不過這不妨礙他戰鬥。「你別來亂，交給我跟魔像就好。」

此刻，其中一隻老鷹因爲亞倫被突襲的關係，火冒三丈地對阿德拉惡魔展開了攻擊，而另一隻老鷹也終於從荊棘中脫出，一同加入戰鬥的行列，與阿德拉惡魔激烈地纏鬥起來。

「你看她與其他冒險者交手這麼多次依然毫髮無傷，肯定跟我一樣擁有治癒傷口的能力。」亞倫說著，給出建議。「所以讓她傷得越重越好，因爲治療傷口相當消耗魔力，她遲早會把自己的魔力用完。」

「一旦用完，就會跟你一樣變得什麼都做不了對吧？知道了知道了。」穆恩將亞倫推到後面，自己衝上前投入戰局，他的劍穿過叢生的大量荊棘，精準地刺中阿德拉惡魔的腹部。阿德拉惡魔痛苦地嚎叫，但就如亞倫所料，她的傷口隨即以肉眼可見的速度癒合著。

「原來妳也會流血嘛。」眼前的阿德拉惡魔顯然是本體，這讓穆恩鬆了口氣。他最怕以爲殺死怪物了，結果本體在別處。

兩隻老鷹分別抓住惡魔的一隻手，聯合把對方掀翻在地上並壓制，阿德拉惡魔拚命掙扎，無數荊棘朝兩鳥一人撲去，然而植物生長得快，穆恩的劍速更快，當他打算再刺擊腹部時，一把熊熊燃燒著的長劍卻硬生生插進來，彈開他的劍。

穆恩瞪大眼睛，往後退了一步，一看見不速之客的眞面目便咒罵出聲。

「去他的冒險者！泰歐斯你搗什麼亂！」

白天時不見蹤影的泰歐斯神情嚴肅，將劍指向穆恩。燃燒的劍身照亮了泰歐斯的側臉，他的眼神十分堅定，像是置生死於度外、毅然踏上戰場的勇士。

這樣的眼神讓穆恩感到特別不順眼，尤其是在這種時候。

「你不要出手。」泰歐斯的語氣不容反駁。「阿德拉惡魔必須由我來解決，這傢伙傷了我的夥伴，罪不可恕。」

他的隊友蜜安也跳出來幫腔：「沒錯，阿德拉惡魔交給我們就好，你去解決那兩隻老鷹，他們也是很強大的怪物。」

「跟我開玩笑？」穆恩氣得笑了。「沒看到那兩隻老鷹在跟惡魔纏鬥嗎？好好的幫手不用，要我去攻擊他們？而且我才一個人，要我以一挑二，然後你們自己解決有賞金的阿德拉惡魔，當我是白痴嗎？」

「這跟賞金沒關係！我必須向阿德拉惡魔復仇！都是因為她，我們的祭司到現在依舊虛弱得下不了床，她差點殺了茉莉！」泰歐斯向前踏出一步，壓低了聲音，以威嚇的語氣說：「你要是執意出手，我連你也一起攻擊。我掌握了阿德拉惡魔的弱點，交給我最適合。」

「就是說，等我們解決阿德拉惡魔一定會來幫你，你先撐一下。」蜜安不想與穆恩多費唇舌，逕自朝阿德拉惡魔拉開弓。「我們阿泰很快就會解決她——」

話音未落，兩條粗壯的荊棘猛然從地面竄出，捲住泰歐斯跟蜜安，將他們大力甩了出去。

穆恩反射性往後瞄了一眼，果不其然瞥見亞倫瞇著眼睛，看起來正在思索該如何對付那兩人。同時，其中一隻老鷹也放開了阿德拉惡魔，對泰歐斯和蜜安發出足以震碎玻璃的怒嘯。

穆恩把握機會，再度砍向阿德拉惡魔，但出乎他意料的是，阿德拉惡魔好像根本不在乎他的攻擊。這隻怪物首次露出了其他表情，她驚懼地望著泰歐斯，對他發出略帶顫抖的咆哮，所有荊棘也自動繞過了泰歐斯。

「咦？」當穆恩注意到這點時，泰歐斯已經以炎劍砍斷自己跟蜜安身上的荊棘，穆恩頓覺不妙，馬上看向亞倫。

亞倫臉色變得慘白，他一手扶著艾爾艾特的肩膀，罕見地表現出有些痛苦的樣子。

這下眞的糟了。泰歐斯這混帳帶的劍居然對魔花怪的傷害效果拔群！

他都砍那些荊棘多少次了，阿德拉惡魔眼睛眨都不眨，泰歐斯卻只砍一下就把對方嚇死。

所幸老鷹盡責地攔下了泰歐斯與蜜安，巨大的翅膀掀起一陣狂風，也吹熄了荊棘上的火焰。與魔花怪不同，魔像完全不畏懼泰歐斯的炎劍，一劍敲在堅硬的身軀上不痛不癢。

「搞什麼！不是跟那隻怪物打得好好的嗎？怎麼突然攻擊我們！」蜜安試圖反擊，卻不禁感到無力，因爲她的箭無法對魔像造成任何傷害。就在這時，老鷹一個俯衝，對泰歐斯伸出兩隻利爪，蜜安情急之下一把推開泰歐斯，代替自家隊長被老鷹抓上了高空。

「蜜安！」泰歐斯瞪圓了眼，而蜜安眼眶含淚，用盡全身力氣吶喊：「不要管我，阿德拉惡魔就靠你了！」

「可惡……」泰歐斯眼睛都紅了，他的炎劍燃燒得更加猛烈，連遠在幾公尺外的亞倫都感受到令人窒息的熾熱。在泰歐斯的揮舞下，長劍所及之處皆化爲火海，所有荊棘熊熊燃燒，宛若整條街都燒起來了一般。

阿德拉惡魔發出痛苦的慘叫，轉身以不似人類的速度飛快逃離。

「還想逃！今天絕不會讓妳走！」

「該走的人是你！」

一道銀光襲來，泰歐斯及時躲開。

「你這是做什麼，穆恩？」泰歐斯憤怒不已地咆哮。「你不要以爲我不敢殺你！」

「有膽就動手啊？你殺得死我嗎？」穆恩擋在泰歐斯面前，將劍指著對方的鼻子。「少把自己塑造成悲劇英雄，要人家讓機會給你，搶怪就是搶怪。再說比起那隻怪物，你不覺得先去追隊友比較要緊嗎？隊友的性命還有個人榮譽，你選擇哪個？」

「你！」泰歐斯氣得渾身顫抖，眼看阿德拉惡魔逐漸遠去，他明白自己肯定追不上了。「你不要以爲我不曉得是誰在搞鬼，那兩尊魔像在我們想對付阿德拉惡魔時，反過來攻擊我們，現在阿德拉惡魔跑掉，他們又跑去追那個怪物，從頭到尾都沒攻擊你，不就是因爲他在背後搞鬼嗎！」

泰歐斯轉身往後擲出炎劍，炎劍迅雷不及掩耳地射向亞倫，毫無戰鬥經驗的王子殿下雙眼圓睜，反應不過來，所幸艾爾艾特及時推了他一把。

儘管如此，炎劍還是擦過了亞倫的手臂，亞倫登時跪坐在地，發出疼痛難忍的哀鳴。

「你幹什麼！」穆恩一把揪住泰歐斯的領子，怒目而視。「干他什麼事，你給我小心點！」

「就是干他的事，你心知肚明！那個木偶會動就是最好的證據！好樣的，你們居然在大家面前演了一齣戲，那傢伙才不是什麼初心者，而是魔紋師！你以爲我待在這城鎮這麼久，會不知道魔紋師這邪門的存在嗎！我一抵達這裡就在懷疑了，他憑什麼在一旁像沒事人似的隔岸觀火？不就是他背地在操控那兩尊魔像！」

泰歐斯的表情恐怖得有如厲鬼，他扯開穆恩的手，大步走向亞倫。「給我說，你把蜜安弄去哪了！把我的隊友還來！」

「你再前進一步試試。」穆恩的聲音從泰歐斯身後傳來，語氣出乎意料的冷靜。雖然冷靜，卻帶著山雨欲來般的殺意。

泰歐斯察覺到了，他的滔天怒氣頓時被澆熄了一半，明明剛才面對怪物時完全不畏懼，此刻他卻感受到一股寒意。

當他扭頭去瞄穆恩時，只見穆恩冷冷盯著他。

這一刻，他確定穆恩是真的起了殺心。要是他再往前踏一步，這個男人會毫不猶豫地把他殺掉。

想到穆恩的惡名與事蹟，泰歐斯不敢再前進了。再怎麼說，他現在都是孤軍奮戰，要是打起來他沒信心能贏。

砰的一聲，炎劍摔落在他腳邊，艾爾艾特粗魯地將惱人的炎劍還了回去，並小心翼翼地扶起自家主人。

「你說對了，我是魔紋師。」眼看瞞不下去，亞倫只好坦承。他摀著自己的手臂，模樣虛弱，眼神卻相當堅定。「但我的目的跟你們一樣，我想要拯救我的國家。」

「拯救？不就是你們太過迷信邪教才把自己搞死的嗎？看看這座城鎮的人，都滅國多少年了依然迷信成這樣，這個國家早就沒救了！」泰歐斯將恢復普通狀態的炎劍撿起，拍了拍劍身的灰塵，神色凶狠。「你到底要不要說蜜安在哪裡？」

「我也不知道她被帶去哪了。」對此，亞倫並不擔心。「放心，天亮時她就會回來了。」

「你這個狼心狗肺的傢伙！」

在兩人爭執間，穆恩已經來到亞倫身邊。他帶著冷峻的表情，舉起了自己的劍。

「你究竟走不走？」

「你們給我走著瞧，事情不會就這麼算了的！」

待泰歐斯氣急敗壞地走遠後，穆恩才再度開口。

「什麼東西，不過就是個搶怪的小人。」他的語氣憤恨不平，顯然十分瞧不起對方。

「穆恩……對不起。」亞倫垂下頭，像個做錯事的小孩。「我果然不該出來的。」

「沒事，就憑那兩隻老鷹偏心偏得這麼明顯的樣子，他也肯定會懷疑。」穆恩抓起亞倫的手腕，被炎劍擦過的地方癒合了，看不出受傷的痕跡。

「幸好沒被他發現，這點被他發現就眞的完蛋了。」想到方才泰歐斯一度逼近亞倫，穆恩便心有餘悸，他當下是切切實實地想殺人滅口。「火焰是你們的弱點對吧？看你跟那個阿德拉惡魔都特別忌憚火。你現在感覺怎樣？」

見亞倫臉色蒼白，穆恩就曉得亞倫的狀態絕對不太好，但他不確定具體上是哪裡不好。

「剛剛治療燒傷消耗很多魔力，我現在魔力低落，很想……好好睡一覺……」

「等等再睡，先離開這裡。」四周開始湧現嘈雜的人聲，穆恩明白冒險者們正逐漸接近，而方才去追阿德拉惡魔的那隻老鷹也回來了。老鷹果然沒追到人，畢竟老鷹的身軀太大，只要阿德拉惡魔鑽進建築物裡就沒轍了。

「來來，快帶我們離開。」穆恩連忙向老鷹招手，他把艾爾艾特跟昏昏欲睡的亞倫推到老鷹背上，自己也趕緊坐到亞倫後面驅使老鷹飛離，等其他冒險者抵達時，現場早就什麼都不剩了。

正如泰歐斯所說，事情不會這麼簡單就結束，但穆恩也不是會輕易認輸的人。

「給我走著瞧，那把炎劍我遲早偷過來拿去賣掉，媽的。」

第四章

「殿下。」

朦朧之中，亞倫聽見背後傳來耳熟的呼喚。

無論過了多久，他都不會忘記這個聲音。從小體弱多病只能待在城堡裡的他，每天總是最期待這個聲音的出現。

對他來說，這滄桑的菸嗓是哥雷姆國最動聽的奇蹟，無數精彩的故事透過那嗓音傳達到他的心裡，豐富了他的童年。

就連在沉睡前的最後一刻，他仍舊期盼這個聲音會響起，如今等了一百年，終於等到了。

「殿下……請回頭看我。」

「不要。」

周遭的景色逐漸清晰，熟悉的城堡長廊浮現在亞倫的視野。他站在沒有盡頭的長廊上，握緊了拳頭。

「如果回頭看你，我會很難過的，因爲現實中的你已經不在我身邊了。」亞倫十分清楚這一切都是夢，所以他不敢回頭。「在我十二歲時，你離開了哥雷姆國，從那之後就再也沒有回來了。」

「我不會忘了我們的約定，殿下。只是路途太過漫長艱辛，我沒能夠及時趕回來……」

「我才不相信。」

「我不會騙您。」那個聲音帶著些許悲傷。「我就在這裡。所以……請您喚醒我吧，我的殿下。」

亞倫沉默不語。

「我在約好總有一天要帶您去的地方等您，亞倫。」

聽見這個稱呼，亞倫微微睜大雙眼，然而當他正要回頭時，整個世界化爲了一片白光——

亞倫醒來，發現自己躺在一間廢棄空屋中，他稍微環顧了下四周，這次他睡著後居然沒有亂長荊棘，恐怕跟他魔力剩餘太少有關。

一注意到他的動靜，艾爾艾特立刻湊了上來，無聲地關心他的狀況。

「沒事，我恢復一點魔力了，現在精神還行。」但亞倫說完後便打了個呵欠，感覺自己還是相當睏倦。不過他明白再睡下去也無濟於事，因此還是勉強自己起身。

「行了，已經打很久了，夠了吧？走開走開。」窗外傳來穆恩不耐煩的聲音，亞倫在艾爾艾特的攙扶下走出去一探究竟，只見穆恩站在空地上，一手持劍一手驅趕圍著他飛來飛去的兩隻魔像老鷹，滿臉煩躁。

老鷹們發出不滿的叫聲，一下一下地用爪子勾著穆恩，動作像是在給貓撓癢似的。那對石頭刻成的利爪光是輕輕一抓殺傷力就不小，穆恩被抓過一次後便全力閃躲，結果這個舉動反而讓老鷹以為是在跟他們玩，出爪更加猛烈快速。

「你來得正好，快讓這些笨蛋停下來！」見亞倫出現，穆恩有如看見了救星，連忙躲到亞倫背後指著兩隻老鷹。「一大早就跑來這裡要我拿劍砍他們，跟那隻老鼠一樣！賽西羅的魔像個個都是戰鬥狂是不是？」

「畢竟他們的主人以前常這樣陪他們玩。」亞倫啞然失笑。他摸摸老鷹的下巴，老鷹又發出磨石般的刺耳咕嚕聲，聽得穆恩耳朵都要聾了，亞倫卻神色如常地繼續說：「作為一名劍術大師，賽西羅遠近馳名，宅邸中的魔像也都十分仰慕他並向他看齊。你就包容一下吧，他們也是喜歡你才一直找你玩。」

「我寧願他們討厭我。」穆恩翻了個白眼。要不是擔心老鷹們會跑去找其他冒險者練劍，他才懶得理會這些魔像。

「先不說這個了。」穆恩仔細端詳亞倫。「你老實告訴我，目前魔力還剩多少？」

亞倫愣了愣，一時語塞。

「自從進城後，你的精神一天比一天還差，昨天又發生那件事，你根本已經沒剩多少魔力了對吧？」

眼看瞞不下去，亞倫只能無奈地點點頭。「我現在連復甦一尊魔像都做不到，昨晚修復燒傷幾乎把我剩餘的魔力都耗光了。」

「我就知道。在我看來，你作爲怪物的實力不輸給阿德拉惡魔，怎麼可能被她壓著打。」亞倫操控荊棘的範圍廣到能涵蓋整座森林，比阿德拉惡魔要強太多了，可昨晚亞倫竟完全制不住他的同類。

他們都很清楚，有一種方法可以讓亞倫迅速恢復力量。

穆恩沉默了一會，罕見地用謹慎的語氣緩緩開口：「你……要不要考慮其他補充魔力的方式——」

「不考慮。」亞倫嚴肅地打斷他。「對我來說，補充魔力只有兩種辦法，一是睡覺，二是吸收水分，除此之外沒有其他選項。」

見他意志如此堅定，穆恩也不好再說什麼。換作是他，就會去嘗試其他方法，不過他也擔心亞倫會和阿德拉惡魔一樣失去理智。

「穆恩，我知道你一定會說我太天眞，但我不想做其他選擇，有些事情一旦做了，就回不去了……」亞倫的嗓音隱隱有點哽咽。「我不想變成那個樣子。」

穆恩大多時候都十分羨慕亞倫，然而有時候又不希望變得跟亞倫一樣。

如果他是亞倫，百年後醒來絕對會憤世嫉俗，怨恨這種只能簡樸度日的生活，以及那些嘲笑哥雷姆滅國是咎由自取的冒險者，更痛恨一無所有又被詛咒纏身的自己。

他肯定會踏上成爲怪物的道路，因爲那對他來說是最快解脫的方法。

他很想對亞倫說，該清醒了，這世上沒有什麼幸福快樂的結局，也沒有不委屈自己又能不傷害人的辦法，可是他說不出口。

因爲亞倫是他有生以來遇過最接近童話的存在，要是他否定了亞倫，這個世界就眞的沒有值得他相信的童話了。

「你不會。」穆恩拍拍亞倫的頭，如此回答。「有我這個菁英冒險者在，不可能讓你變成那樣的。」

這句話彷彿一個帶有力量的魔法，令亞倫揚起淺淺的微笑。

穆恩瞬間略略失神，感覺內心似乎有什麼被觸動了，但他隨即拉回神智，心道眞是好險，差點又被這邪教分子給誘惑了。

「經過昨天那場風波，泰歐斯暫時還沒採取什麼行動吧？」想到泰歐斯離去時的眼神，亞倫不禁擔心地問。

「……我覺得你最好不要知道。」穆恩早上外出散步時注意到了騷動，那些人的對話讓他頭很痛，所以沒多久就回來了。

他這麼一說，反而讓亞倫想去確認看看情況了，兩人很快整裝準備前往鎭上。臨行前，穆恩特地用布條纏起亞倫原本燒傷的那隻手臂，並交代亞倫至少得等幾個禮拜才能拆掉，否則鐵定會被懷疑。

走在路上，亞倫打量著刻意包紮起來的手臂，想到要綁幾個禮拜，他就覺得麻煩。

「你們怎麼這麼多疑，我可以說我們哥雷姆人天生自癒力強嗎……」

聞言，穆恩毫不客氣地回：「如果你想讓整個哥雷姆國的人民都被冒險者討伐，可以儘管這麼說。」

「我是說真的，我們受了外傷恢復得滿快的，痊癒後也鮮少留下疤痕。以前就常被別國人說哥雷姆人都細皮嫩肉的，士兵連條傷疤都沒有。」

想像著哥雷姆士兵不分從軍資歷、年齡大小，皮膚統統乾淨光滑的樣子，穆恩便直冒雞皮疙瘩。這個國家的人果然都很奇怪。

昨夜穆恩選在城鎮的荒涼地帶落腳，因此他們走了一陣子才重回有人煙的地方。阿德拉鎮看似熱鬧，人口卻不算多，人們幾乎集中居住在同一區，有大半區域皆罕見人跡，這對阿德拉惡魔的藏身十分有利，人們從未在白天發現她的身影。

雖然沒找到躲起來的阿德拉惡魔，兩人一路上倒是發現好幾尊布滿灰塵的沉睡魔像，穆恩一一將魔像的位置標記在地圖上，留待以後復甦。

當他們來到大街上時，已經過了好一段時間，亞倫馬上就明白了穆恩所說的騷動是指什麼。

「你做什麼！那是我的護身符！」

「那不是什麼護身符，是怪物！別隨身帶這種邪門的玩意兒！就是這東西才害你們滅國的！」

清脆的碎裂聲響起，亞倫正好目擊一尊陶土魔像被摔個粉碎。

信徒連忙跪到地上，拚了命地將滿地碎片撈進懷裡嚎啕大哭。「你對我們的霍普大人做了什麼！像你這種對魔像之神不敬的傢伙遲早會遭報應的！」

「什麼報應？變成怪物嗎？」罪魁禍首是一名帶著長弓的冒險者，他攤開雙手，看向他身旁的其他冒險者，毫無愧色地哈哈大笑。「你們看看，我變成怪物了嗎？」

「果然是假的，是你們這些信徒在那邊妖言惑眾。」

「不是有個人說，對你們的魔像之神不敬就會變成怪物嗎？叫那個人出來啊！」

教堂被一群冒險者團團包圍，信徒們在大門口縮成一團，既憤怒又畏懼地瞪著上門找麻煩的冒險者們。

「那些信徒昨晚見到兩尊老鷹魔像後全瘋了，一大早就在那高調地喊霍普顯靈、魔像會懲罰惡徒什麼的，甚至還說霍普要拯救世界了。因為老鷹而吃癟的冒險者們八成聽了心煩，才故意來找碴。」穆恩不是不能理解冒險者們的心情，換作是他，也會想砸碎那些邪教信徒的護身符。

「他們沒有都是胡說八道，過去確實有個傳說能聽見霍普聲音的薩滿，預言霍普會拯救世界。」亞倫蹙起眉，理所當然地說。

穆恩傻眼了。「不是吧？連你也信——」

他話還沒講完，亞倫已經走過去了。他蹲到護身符被砸碎的信徒身邊，輕輕撫了撫對方的背。「沒事的，護身符之後再做就有了，不要緊的。」

「是你！你就是泰歐斯口中的魔紋師對吧？」弓手一眼認出亞倫。亞倫跟穆恩打從第一次踏進酒館就引發了話題，如今這座城鎮裡幾乎沒有冒險者不認識這兩人。

「你果然也是邪教徒，據說昨晚就是你命令那兩尊魔像威嚇我們，還襲擊了泰歐斯的隊友！你這人果然跟穆恩一樣噁心，都是會陷害同行的冒險者。」

「你們好好說話啊，什麼陷害同行？阿德拉惡魔是我們先發現的，泰歐斯那傢伙來搶怪，我們當然要反擊啊？」穆恩躺著也中槍，不過反正他跟其他同行早就互看不順眼，當即不客氣地回嗆。「難不成我們要拱手讓給他？是你的話你會？」

「面對強大的怪物時，應該要放下成見齊心協力擊倒怪物。」弓手以斥責的語氣反駁。「你們把大家的安全放在哪了？」

「算了，他可是無良騎士穆恩，向來只在乎金錢。」另一名冒險者開口安撫弓手。「跟這種人講道理是沒用的。」

「你看他跟那名魔紋師合作就知道了，那傢伙從不走正道，還想借助怪物的力量。」

「百年來那些魔像殺死了多少冒險者！魔像是極為危險的怪物，這傢伙居然還跟魔紋師以及魔像聯手！」

「魔像不危險。」亞倫平靜地回應。「他們是極為忠誠的魔法生物，以指令為第一優先。只要指令對了，他們就不會傷害人。」

他朝信徒們揮揮手，示意他們返回教堂，由他來應付這群冒險者。

「抱歉，那些信徒只是太害怕了，才會說出對霍普不敬會變成怪物這種話。」他擺出專業的待客微笑。「我們魔像教不是會危害人的邪教，就如你們方才所驗證的，阿德拉惡魔會變成那樣，跟魔像教一點關係也沒有。」

「我就說——」

「但是如果在我國惡意破壞魔像，就法律上而言是重罪。若是發生在百年前，你會直接被魔像抓去關的。」

他的話引得冒險者們哄堂大笑。

「抓去關？這國家都滅亡了，還有法律存在？」

面對眾人的嘲笑，亞倫面不改色，語氣堅定地回應：「只要哥雷姆國的人民與魔像子民都還在，這裡也就還有律法存在。」

「少在那邊妖言惑眾！把可怕的怪物當子民，你們瘋了是不是！至今為止有多少冒險者為了拯救這個國家卻死在魔像手上，你們不僅不感激，還把怪物當神一樣膜拜，簡直喪心病狂，活該被滅國！」

身為尊貴的王子，從小到大哪個人對亞倫說話不是客客氣氣的？可如今他沒了王儲的光環與強盛的國家作為後盾，人人都能毫不客氣地踩到他頭上，用最鋒利的言語刺傷他。

他覺得從未面對過這般鮮明的惡意，儘管他努力地想要向對方講道理，然而依舊失敗了。無論他怎麼解釋，這些人顯然都不可能聽進去。

「人家又沒要你們來拯救，你們卻自己闖進來嚷嚷著要救人家，這不就是犯賤嗎？」穆恩緩緩拔出劍，笑著說道：「勸你們閉嘴，如何？我這個人呢，有時候比起動嘴，更喜歡直接動手，因為一旦動手，就能讓對方永遠閉嘴了。簡單乾脆，對吧？」

「你！」

「你不要以爲我們不敢跟你打！」

「你眞的是墮落得徹底了，穆恩。據說你曾經是某國伯爵的騎士，不但備受賞識，還有可能成爲貴族的一員，爲何現在會淪落到這個地步？」

「噓，聽說人家血脈尊貴得很，才不會甘心——」

話音未落，出口嘲諷的冒險者驀地感覺脖子一陣劇痛，一滴鮮血隨即從傷口緩緩流下。

「你再說一個字？」穆恩冷聲威脅。

「穆恩！」亞倫被嚇得將剛才的不快全拋在腦後了，此刻穆恩渾身散發令人不寒而慄的殺氣，要是對方再多說一個字，他就眞的要殺人了。

「穆恩，不要這樣，快放下劍！否則事情會不可收拾的！」亞倫試圖將穆恩的手拉下來，但穆恩的力氣太大，他無法撼動分毫，最後還是艾爾艾特一腳把穆恩的劍踹回去，亞倫才終於趁機把穆恩拉開。

弓手睜大眼睛，他摀住自己的脖子狼狽地往後退了好幾步，神情扭曲瞪著穆恩。

「你、你、你居然眞的動——」

其他冒險者見狀也紛紛拔出自己的武器，面帶怒色。

「艾爾艾特，跟我一起把他拉走！」亞倫聯合艾爾艾特拚命想拖走穆恩，直到冒險者們眞的殺過來了，穆恩才心不甘情不願地挪動腳步。

「別讓他們跑了！」

「他們是冒險者公會的毒瘤，把他們拿下！」

在拉著穆恩逃跑的途中，亞倫深吸一口氣，吹出響亮無比的口哨，兩隻老鷹遠遠聽見，立刻趕了過來。亞倫帶著艾爾艾特跳到其中一隻老鷹背上，毫不遲疑地下令：「帶我們去瀑布那裡！快！」

接收到指令，載著魔紋師與木偶的老鷹大翅一展，還搞不清狀況的穆恩則被另一隻老鷹用雙腳抓住肩膀，跟昨晚的蜜安一樣轉瞬被帶上高空。

「喂，等一下！不能換個方式嗎？」驟然襲來的冷風使穆恩從憤怒中清醒了，他盯著腳下急速縮小的城鎮，越看心裡越涼。

「你別那麼衝動我們也不必這樣。」亞倫一副沒得商量的態度，再次下令：「以最快的速度到瀑布那裡。」

「等等，先讓我坐上去！啊啊啊——」

老鷹們叫了一聲，很有默契地無視穆恩的慘叫，風馳電掣地飛出了阿德拉鎮。

一路上，穆恩不斷哀號，到了目的地後不僅怒氣全消，一落地還因爲過於刺激的飛行體驗而差點腳軟。

他總算明白爲何蜜安被抓上天空時會叫得那麼大聲了，整個人懸空越飛越高的感覺實在太可怕。

「冷靜了？」

「……冷靜了。」

現在想想，穆恩也覺得自己有些衝動了。明明他對亞倫千交代萬交代，別落到與冒險者們爲敵的局面，結果他自己卻才是把事情搞砸的人。

他盤腿坐在地上，煩躁地抓了抓頭。這下難辦了，如今恐怕無法像在奧爾哈村那樣悠哉地復甦魔像了。

亞倫跪坐在他身前，雙手按住他的肩膀。「穆恩，我知道你非常生氣，我也是，被別人踩到痛處怎麼可能不憤怒？可是暴力無法收服人心。你可以和我一樣用花言巧語、用金錢、用各式各樣你想得到的方法說服他人，就是不能使用暴力，這是最糟糕的方式，明白嗎？」

「你眞是太天眞了，王子殿下。很多時候只有讓對方吃到苦頭記取教訓了，對方才不會再犯。」穆恩雖然自知有錯，對於亞倫這番言論仍是不太贊同。

「可是這樣不會有幸福快樂的結局。」亞倫認眞地說。

「啊？」

穆恩被這荒謬的回答弄得愣了一下，當他以爲亞倫的腦袋被冷風吹壞了時，王子殿下繼續說：「暴力能換來的只有恐懼和憎恨而已，無論是誰都不會因此幸福快樂的。」

「你這不是廢話嗎……」穆恩渾身無力，有時候他實在挺想把亞倫塞回童話世界去，可惜做不到。「你這麼天眞，我都不曉得該怎麼救你了，你難道就不想揍他們嗎？算了，你連揍人都不知道該怎麼揍吧，當我沒說。」

「穆恩。」

「幹麼？」

「我不清楚你為何會憤怒到想殺了那個人。」亞倫回想著方才那名冒險者所說的話，雖然有些意外，不過也並非無跡可循——戰鬥時的穆恩就像換了個人，姿態猶如一名身經百戰的軍人，標準且俐落。「但沒關係，無論你以前是怎樣的人，現在都跟我一樣，是個一無所有的冒險者。」

亞倫傾身向前，伸出一隻手覆上穆恩的手背，目光懇切。「我們是一樣的。在你答應跟我一起拯救哥雷姆國時，你的命運就已經跟我綁在一起了，成功了我們一同享受榮華富貴，失敗了就一同承受悔恨，所以不要太在意那些人說的話了，好嗎？」

穆恩一言不發，靜靜注視著亞倫。

「你如果生氣，我們就去酒館大喝一頓，把那些討厭的人都痛罵一輪。發生了什麼特別開心的事，我們也可以去喝酒慶祝。」亞倫一本正經地說，穆恩卻想吐槽亞倫就只是想喝酒而已，可他還來不及說出口，亞倫便露出燦爛的笑容。「無論喜怒哀樂，你都可以與我分享，因為我是你的夥伴。」

夥伴。

這個詞幾乎不存在於穆恩過去的人生當中，因為他無法信任別人。他想的向來唯有自己，不曾有過跟其他人共享什麼的念頭，不管是誘人的財富，或是深埋在心中的悲傷，他都一人獨占。

也因此他越走越極端，並且還不覺得有什麼不好，因爲至少他是感覺快活的。

可是他當眞不想與人分享嗎？無論是他的快樂，他的痛苦，還是那揮之不去的憤恨不甘。

答案他自己明白。

他只是無法面對萬一別人不接受那個不堪入目的自己罷了。

然而亞倫告訴他，他不僅會接納他的情緒，也不介意他的過去。

「你們哥雷姆人果然都擅長妖言惑眾，講都講不聽。」穆恩嘴上罵著，卻反過來握住亞倫的手。即使感覺不到溫熱，但他知道這隻手是溫暖的。

亞倫微笑不語，隨後兩人同時察覺到硬物的觸感，原來艾爾艾特也將自己的手放了上來。

「你就不用了，就算跟你說又如何？你又不會講話。」穆恩沒好氣地甩開手，見一番好意不被領情，艾爾艾特氣得用力踹了穆恩好幾腳，亞倫不禁笑出聲。

「話說這裡是哪？你怎麼曉得這邊有瀑布？」從剛剛開始，湍急的瀑布流動聲便持續傳來，他們被老鷹放在一條河流的岸邊，而這條河連接著瀑布，不遠處便是瀑布所在的懸崖。穆恩將艾爾艾特推到一旁，站了起來往懸崖底下瞧。

「這裡就是加克與賽西羅第一次相遇的地方，加克在瀑布下方一劍劈開瀑布時被賽西羅撞見，於是就被收爲徒弟了。」亞倫盡責地解說。

「劈開瀑布？不是吧，下面是湖泊耶？他從哪劈開瀑布？」穆恩頓時傻眼了，他怎麼想都覺得不科學。那湖泊雖不算大，但無論站在湖岸的哪邊劈開瀑布，都必定得距離瀑布好幾公尺遠。

「據說是瀑布的正前方。」

「你說那塊地面？不可能不可能，真能做到那樣就是怪物了。」

「他本來就是怪物啊。」

穆恩一時語塞。

「別說這個了，反正現在回去也只會被追殺，不如陪我在這回魔。」

穆恩翻了個白眼。「說得好像我有其他選擇似的。」

亞倫拉著穆恩踩進河中，兩人佇立在河流正中央，從懸崖上方俯瞰瀑布。

「從這裡看下去好刺激。」亞倫越看越入迷，要不是有穆恩拉著，他整個人就要摔下懸崖了。

「你別再往前了，再往前我們都會掉下去！」

亞倫轉身看他，眨了眨眼。

「其實我第一次在書中見到瀑布，就很想試試看從瀑布上方跳下去是什麼滋味，肯定很刺激。」說完，亞倫笑咪咪放開穆恩的手，整個人張開雙手往後仰去，隨著瀑布的水流墜入了湖中。

「喂！」穆恩眼睜睜瞧著亞倫掀起一片水花，久久沒有浮起，簡直就像落難了一般。不過他心中並不著急，人是絕對不會死的，這瀑布大約十幾公尺高，下方的湖泊看起來也頗深，就算是他跳下去好像也不會死。

他又有些煩躁地抓了抓頭，如亞倫所說，回去也無法改變局面，不如先休息一下，之後再想想辦法。

拿定主意，穆恩脫去上衣丟給艾爾艾特，隨後縱身一躍，以漂亮的標準姿勢跳入了水中。

沁人心脾的湖水令他徹底擺脫不快的情緒，穆恩睜開眼睛，透著光的水裡泛起無數透明泡泡，而他的視線越過這些泡泡，找到了亞倫。

優雅的金髮王子彷彿睡著了，閉著雙眼沉浮在水中。無數荊棘如羽翼一般從他背後伸展而出，勾住了湖底的植物。

亞倫宛若原本就生長在湖中的水草，荊棘將他扎根在地，讓他隨著水流輕輕擺盪。像是被這幅景色所吸引，穆恩下意識游到了王子身前。這一刻，亞倫睜開了雙眼，與他四目相接。

這是一名只有他才知道的怪物。

擁有近乎不死的身軀，被無數荊棘附身的怪物。一旦被發現，亞倫就會遭到無數冒險者討伐，只有他能夠接受這名怪物王子。

被說墮落也無所謂，穆恩無意改變自己的立場。即使得成爲所有冒險者的公敵，他也要保護自己的夥伴。

穆恩對獨一無二的怪物夥伴伸出了手。

王子殿下毫不猶豫地收回背上的荊棘，將手放到穆恩的掌心，任由穆恩帶著他浮出水面。

「這裡的水很清澈，空氣也很清新，讓人感覺十分舒服。」亞倫深吸一口氣，滿足地嘆息一聲。「我的魔力開始在回復了。」

「你連皮膚也有明顯的變化，原本有點乾澀，現在恢復原狀了。」穆恩握著亞倫的手，指尖輕輕在掌心摩娑，感受著王子的肌膚狀態。

最初他還對這個觸感非常抗拒，但時間長了，他也習慣了，甚至還不時會去碰一下。沒辦法，他家魔花王子太嬌嫩，天天都要吸水，一天沒吸到水皮膚就變得乾枯，他甚至可以從皮膚的乾燥程度推測亞倫當前的魔力含量，亞倫的魔力剩下多少根本瞞不過他。

亞倫被他弄得肩膀一抖，輕笑出聲，縮回了手。「很癢……」

見俊美的王子露出這般毫無防備的笑顏，穆恩感覺心裡癢癢的。

他傾身向前，在王子殿下耳邊用低沉的嗓音輕聲說：「你知道來這裡除了回魔還能幹麼嗎？」

「能幹麼？」亞倫回望他，眼中透著些許期待。

「能這樣！」穆恩伸手按住亞倫的肩膀，猛地把人壓到水面下。

亞倫睜大雙眼，他在水中注視著臉上帶著賊笑的騎士，穆恩背著光，淺琥珀色眼眸直直望進他的靈魂，髮絲伴隨著許多透明泡泡在水中搖曳，笑容比陽光還燦爛。

亞倫一時看呆了，隨後跟著綻放笑容。他想浮出水面，穆恩卻牢牢壓住他，不讓他上去。對此，他不甘示弱地用荊棘纏住穆恩的腳踝，把對方拖往水裡更深處。但想要穆恩認輸沒那麼容易，他抓住亞倫的手，說什麼都不肯讓亞倫上浮。

「你確定要跟我比嗎？」亞倫笑著用唇語無聲地說。他跟穆恩不同，他可以長時間待在水中，喝到水也無所謂，反正他本身就和植物差不多。

穆恩抽出隨身攜帶的小刀，艱難地割斷荊棘，結果他才剛割完，帶著小刺的荊棘便捲走了他的小刀。

小刀落入王子殿下手裡，亞倫趁機浮上水面，深吸了一口氣，下一秒穆恩也跟著浮上來，大手一伸打算奪回小刀，亞倫馬上眼明手快地拿遠。

「別了吧，王子殿下，你一個搞藝術的，拿這刀有什麼用？」

「我會用刀呀，刻刀。」

「這根本不能混爲一談吧？你那是拿來雕刻魔紋，我這是拿來砍人的。」

「一樣都是在物體上留下痕跡。」

「你這是歪理。乖，還我。」

「不如這樣吧？」亞倫想到一個好點子，笑盈盈地說：「我把我的刻刀給你，這樣就誰也不欠誰了。」

穆恩忍不住想像起自己拿刻刀砍人的樣子，畫面美得他不敢看。

穆恩試著喚醒王子殿下的良心。「你這樣跟那些打劫良家婦女的土匪有什麼兩樣？

善良王子的形象呢？如果你還有良知，就應該物歸原主。」

「你是良家婦女？」亞倫挑眉。

「我是良家騎士。」穆恩向前游了一點，見亞倫想退後，他一把捉住亞倫沒拿刀的那隻手，義正詞嚴：「你再這樣我就要叫魔像把你抓去關了，不要以爲哥雷姆國滅亡了就沒有律法存在。」

在他說完後，土匪王子露出迷人的微笑，柔聲表示：「那只好在你報警之前把你滅口了。」

荊棘猛然捲住穆恩的腳踝，把他往下拉進水中，而穆恩也不客氣地將亞倫一同拖進水裡。

數不清的荊棘攀附上穆恩的身體，細小的棘刺輕柔地刮在肌膚上，弄得穆恩渾身發癢，他趕緊浮上水面制止亞倫。

「別弄了，給你就給你，把這些荊棘拿開，超癢的。」穆恩打了個寒顫，扯開爬上他腰部的荊棘。

亞倫笑笑地收回所有荊棘，他在穆恩身旁游了一圈，嘖嘖稱奇地打量穆恩赤裸的上身。穆恩的身材跟那些城堡中的士兵軍官一樣，精瘦結實，但與哥雷姆士兵不同的是，他的身軀遍布大大小小的傷疤。

「你的身上眞的全是傷疤，看不出來你的復原能力這麼差。」

「是你們國家的人太奇怪，只要經常戰鬥就會變成這樣子。」穆恩沒好氣地反駁。

改天他一定要找出哥雷姆人這麼邪門的原因，居然不會留疤，光想就覺得可怕。

對他而言，哥雷姆人有時既詭異又神祕，有時卻又十分單純好懂，奇怪的是，他還會莫名被這些人的天真感染。就像現在，他暫且不想管其他事情，只想悠哉地度過這個下午。這陣子始終在爲阿德拉惡魔煩心，是時候好好休息一下了。

✢

由於太久沒泡水，直到傍晚亞倫的魔力都還沒補充完。對此穆恩也不驚訝，他早就做好了過夜的打算。

太陽下山後，穆恩熟練地升起營火，坐在火堆旁擦拭著他的劍。

他的目光不經意地瞄向瀑布，越看越覺得瀑布根本不可能被劈裂。哥雷姆人連自己的神總有一天會拯救世界這種話都說得出口，說魔像能劈開瀑布也沒什麼大不了的。

魔像英雄加克——自從來到阿德拉鎮後，穆恩便屢次聽聞這名魔像的事蹟，而亞倫對加克的事瞭若指掌，顯然多半認識這名魔像。若加克能成爲他們的夥伴，應該會對他們的現況頗有助益，只是亞倫似乎從未想過要尋找加克。

想到這裡，穆恩覺得實在奇怪，於是走到湖邊喊了亞倫的名字。

「怎麼了？」亞倫從湖面浮出，懶洋洋地靠在岸邊的石頭上，下半身依然浸在水裡，姿態優雅得猶如一隻美人魚。

「你知道那個魔像加克在哪裡嗎？百年來肯定有不少人想找到他吧？他該不會在首都？」

聞言，亞倫掛在嘴邊的微笑消失了。

「……他不在哥雷姆國。」

「什麼？他不在這要在哪？」

「他在我十二歲時就離開了哥雷姆國，從此再也沒有回來。」

見亞倫隱忍著悲傷的樣子，穆恩明白他一定有許多事可以訴說。亞倫想必十分喜歡加克，他也不認為一名忠心的魔像會無緣無故離開哥雷姆國，背後恐怕有什麼原因。

「你其實跟他很熟悉吧？」他在亞倫旁邊坐下來。「反正現在也沒事，跟我講講你跟他之間的故事。你父王怎麼會讓這麼頂尖的魔像離開哥雷姆國？太不合理了。」

亞倫點點頭，他的目光飄向遠方，回到了遙遠的過去。

「小時候，我因為體弱多病而無法出遠門，於是在城堡內看遍了各式各樣的童話書，也因此一直以為但凡穿著鎧甲的都是魔像，直到有一天，我偶然看見一個身穿哥德式鎧甲的人類騎士拔下頭盔，露出了自己的頭。我被那一幕嚇得嚎啕大哭，盔甲裡面根本不該有人，太恐怖了。」

穆恩頓了頓，決定放棄吐槽。

「就在那時，加克出現了。那是我跟他第一次相遇……」

亞倫闔上雙眼，當年的情景在他的腦海中浮現。

他還記得那時他在長廊上哭得稀里嘩啦的，不管騎士們怎麼安撫都沒用，正好加克路過，人類騎士們便好像看到救星一般，紛紛湧上前告訴加克發生了什麼事。

理解情況後，加克嘆了一口氣，走到他身前單膝跪地，緩緩開口了。

「殿下，別哭。」加克的嗓音沙啞得有如長年抽菸的人，聽得年幼的他瞪大了眼睛。「那位剛好是人類騎士，盔甲裡頭才會有人。如果是魔像騎士的話，裡頭確實不會有人的。」

「眞的嗎？你會不會騙我？」

「不會，殿下。」加克的聲音十分誠懇。「魔像是不會說謊的。」

「那你證明給我看！」

加克沒轍地嘆息了一聲，慢慢拔下自己的頭盔。

沒有頭，什麼都沒有。爲了驗證加克並未說謊，他甚至從脖子的缺口處看進去，還將小小的手伸進裡頭檢查。

「眞的沒有？你沒有藏個人在裡面？」

「……沒有。」加克無可奈何地回應，一旁的人類騎士們被這逗趣的畫面弄得個個憋笑，而確認鎧甲裡的確什麼都沒有後，他終於破涕爲笑——

聽到這裡，穆恩連忙打斷亞倫：「等等，我還以爲只有霍普能講話，原來加克也可以？」

「嗯，他是當時哥雷姆國唯一一名能說話的魔像。言之魔紋是所有魔紋中最複雜且繪製成功率最低的，因此可以發出聲音的魔像相當稀少，而加克擁有史上最完美的言之魔紋，他不僅能發出聲音，甚至能跟人類一樣說話。」亞倫語帶笑意。「他的嗓音特別有磁性，你聽了一定會喜歡的。」

「那你肯定愛死他了，我猜你整天盯著他都不會膩。」

「是的，我很喜歡他，非常喜歡……童年時期，我每天都在期盼加克完成工作回到城堡來，盼得父王都吃醋了。每當我找到加克，總會纏著他要他給我說故事，或是帶我出去玩。」

「……你別為難人家了。」

年幼時的亞倫十分喜歡被加克抱著，尤其喜歡坐在對方的手臂上。加克的體型高大，被抱起來時視野特別好，且這位魔像騎士對他總是言聽計從，他要加克抱他，加克就會一直抱著他在城堡散步，要加克為他講故事，加克就會一路講到他睡著為止。

「你這不是欺負人家老實嗎？」穆恩聽得都無言了。「人家除了當騎士還得當你的保母，有夠辛苦的。」

「加克又沒說過辛苦，沒關係。」亞倫毫無反省之意。「而且我感覺加克也挺喜歡抱我，他常常摸我的頭，說我小小一隻很柔軟。」

「你這樣一講，我反而覺得那個魔像也是變態了，你們國家果然從人類到魔像都不正常。」穆恩默默與亞倫拉開一點距離。「然後呢？既然你們感情這麼好，他為何要離開？」

「是父王的命令。當時父王要他遠征其他國家，那個國家離哥雷姆國十分遙遠，一去就會是好幾年。聽聞這件事，我馬上哭著去找父王要他收回命令，可是父王跟我說，這是爲了加克好。」亞倫將臉埋在掌心，語氣難掩悲傷。「不只我喜歡加克，父王也是。加克是前前任騎士長賽西羅的徒弟，賽西羅與父王有著多年交情，所以父王認爲自己有義務好好照顧加克，也有意栽培加克成爲騎士長，才會要他去國外增廣見聞。父王想讓加克更像一個人類，也希望加克能更有自己的想法，因此他認爲指派加克遠征是必要的。」

「結果加克離開後，就再也沒有回來了。」

「嗯……在加克離開的那一天，我們立下了一個約定。」

「什麼約定？」

「他跟我約定好，會在我十八歲生日前完成任務返回哥雷姆國，爲我慶祝生日，而我也要在那之前把病養好。屆時他會帶我去他的故鄉，領著我參觀那個促使他成爲傳奇的起點，也就是這道瀑布。」亞倫的神色黯淡下來。「然而如你所見，他沒有回來……直到我沉睡前，都沒有再見到他的身影。」

「眞的是這樣？」對於亞倫的說法，穆恩半信半疑。「他這麼老實，當眞會不守信用？我看他八成只是來不及見到你，就被魔法師強制陷入沉睡了吧？」

見亞倫沉默不語，穆恩越發懷疑。「你是不是還有事情沒說？」

「我一開始也是這麼想的……不只我，整個城堡的人都這麼想。在所有魔像都沉睡後，父王曾指派下屬去各地搜尋加克的下落，可是一直到滅國的那一刻都沒能找到。」亞倫停頓了下，又語氣悶悶地補充：「不過昨天我做了一個夢，我夢到了加克。他不但請我喚醒他，還跟我說他就在這裡。我想這純粹只是我太想他了，才會做這樣的夢吧？因爲我抵達這裡後，什麼也沒看見……」

「等等，你說你夢到他？他有辦法像薩滿一樣闖入別人的夢？」

「應該是沒辦法的，不過也難說，畢竟他從以前就十分特別，許多魔像都會自動自發地追隨他，聽從他的命令……」

「那不就是王嗎！我就知道除了霍普以外，一定還有其他魔像王！」

「魔像王？」亞倫滿臉迷惑。

「群居的野獸與怪物通常會有一個領導者，也就是王，我們冒險者常會接到殺王的任務，只要王死了，率領的同類也會作鳥獸散。殺王任務的懸賞金額大部分都很不錯，王的屍體也能賣出高價。」說到這裡，穆恩拍拍胸脯，驕傲地說：「像我過去就殺了不少王。」

亞倫一時沉默了。他不確定穆恩說這麼多是想表達什麼，他只希望自家隊友對殺魔像英雄沒有興趣。

「你確定那只是個夢而已？說不定他眞的就在這？」

「那你可以找找看，至少我什麼都沒看到。」亞倫意興闌珊地回應。他受夠一再失望的感覺了，每一次苦苦盼望，最後卻沒能等到的失落感幾乎要將他撕裂，他寧願一開始就不要被給予希望。

若是以前的穆恩，肯定會認為亞倫這純粹只是個夢，然而至今爲止不僅是亞倫，他自己也做過奇怪的夢，所以他實在不敢妄下定論。

他明白亞倫會前來這裡，心底當然仍是希望找到加克的，只是亞倫不敢去面對期望落空的後果。但穆恩不同，他從未見過加克，就算找不到也不會太沮喪。

在亞倫返回湖裡休息後，穆恩開始仔細思索加克可能會在哪。假如那個夢是眞的，那加克便眞如他所猜測的，不是沒守信用，而是趕不上。

試想，若加克抵達阿德拉鎭那天，正好是亞倫的生日，那絕對是來不及了。沒能遵守諾言的魔像跑來這裡想必有什麼意圖，如果他是加克，他會站在哪裡？

穆恩不自覺地仰頭望向瀑布上方。

「喂，你幫幫我。」加克粗聲粗氣地對正在偷偷將沙塵踢進火堆裡的艾爾艾特說。此刻兩隻魔像老鷹都返回原本的崗位了，他唯一能倚靠的幫手只有艾爾艾特。

「你剛剛就是藉由那棵樹下來的吧？」穆恩指著一棵矗立在瀑布旁的高聳樹木，他親眼目睹小木偶靈活地在上面跳上跳下。雖然他也會爬樹，但沒法像艾爾艾特那麼靈活。「我也要爬上去，來幫我一把。快點啊，我要找出加克在哪裡。」

穆恩帶著艾爾艾特一同爬上樹，遇到他搆不著的地方，艾爾艾特便率先跳上去，從上方拉他一把，兩人費了一番工夫攀至樹頂，重新回到懸崖邊。

「還是看不見啊……」穆恩來回走動，始終不認爲能從這裡看見首都佩爾泰斯。

他聽亞倫說過，哥雷姆國的城堡十分巨大，身處鄰近城鎮甚至可以瞧見城堡，看樣子阿德拉鎮距離還不夠近。他以為加克多半會盡可能地站在能夠眺望城堡的地方。瀑布上方的河流附近相當空曠，再加上亞倫在水裡待了這麼久，要發現加克早發現了，百年來都沒人能尋獲，真相恐怕只有一個。

穆恩望向瀑布。

「要是我三分鐘內沒浮上來，不是被荊棘纏住就是溺水了，你一定要來救我。」穆恩一邊脫下自己的衣服，一邊正經地叮囑艾爾艾特，雖然他也不確定憑小木偶輕盈的身軀能否拉起他這個成年男性，但有交代總比沒交代好。

他深吸一口氣，背對著瀑布，身子向後仰去，往下跌落。

這次他和亞倫一樣，跌進瀑布後就沒有再浮上水面了。他游到湖底，用雙手刨挖著底部的泥土與水草，時隔百年，如果加克真的掉入瀑布下方，八成都跟湖中的泥土融為一體了。

可惜過程並不如預想中順利，他已經浮上水面換氣了好幾次，都還沒有發現加克的蹤影。

難道真的是他想太多了？

說實話，這麼拚命地挖湖底的泥土讓他覺得自己像個笨蛋，或許他是被哥雷姆國的人傳染了，也變得天真地想相信某些事情。

最重要的是，加克不僅對亞倫來說很重要，此刻他們也需要一個強大的隊友，他不願什麼都不嘗試就放棄。亞倫可是哥雷姆國數一數二強大的薩滿，他願意相信一次亞倫的直覺。

不知何時，艾爾艾特也加入了他的行列，跟著他一起刨挖泥土。

就在穆恩挖到快要缺氧，準備浮上水面換氣時，他的手腕猛然被一隻堅硬的手給抓住。由於來得太過突然，穆恩嚇得把剩下的氣全都吐了出來，湖水灌入他的鼻腔和嘴巴，害他差點在水裡窒息。

他連忙冒出水面深吸一口氣，但還是咳到差點往生，艾爾艾特也浮了上來，幫忙拍拍他的背。

「咳、咳……那傢伙沒事在湖裡當什麼水鬼！」剛剛的遭遇令穆恩心有餘悸，就連被眞正的水鬼襲擊也不如這次嚇人。然而艾爾艾特拍了拍他，指向湖中央。

穆恩疑惑地重新潛入水裡，這才發現亞倫根本好好地待在那，用荊棘把自己固定在湖底，緊閉著雙眼蜷縮在水中，睡得香甜深沉。

「咦？」穆恩浮上水面，整個人愣住了。他看看瀑布，又看看湖中央，逐漸睜大了雙眼。

他再度潛至瀑布底下，成功找到了那隻手。如他所料，那是一隻鎧甲的手。

穆恩跟艾爾艾特連忙順著這隻手，把沉積在湖底的泥土挖開，最後終於見到水鬼的眞面目——魔像英雄加克。

第五章

亞倫睡到一半，感覺有人按住自己的雙肩，使勁搖了搖。他緩緩睜開眼，看見神情無比興奮的穆恩。

他迷迷糊糊地眨了眨眼，還在想穆恩吃錯什麼藥時，整個人便被連拖帶拉地拽到水面上。

「找到了！我果然是天才！挖寶獵人！」

「找到什麼？」亞倫打了個呵欠，只想回湖裡繼續睡美容覺。

「加克啊，魔像英雄加克！他眞的在這裡！」穆恩用力指了指瀑布下面，艾爾艾特則在瀑布正下方拚命朝亞倫揮手。

聞言，亞倫頓時清醒了一半，他呆呆地注視穆恩，半晌決定沉回水裡睡覺。「我果然又在做奇怪的夢了⋯⋯」

「這不是夢！你清醒點！」穆恩大力搖晃他，最後乾脆直接拉著亞倫游到瀑布下方。「你看就知道了！那傢伙重得不得了，我跟艾爾艾特無法把他從水裡拉出來，你試看看有沒有辦法。」

直到跟著穆恩和艾爾艾特潛入水中，親眼看見躺在湖底的騎士後，亞倫才終於相信這個事實。他瞪大眼睛，覺得自己像在做夢。

這副樣貌，無論經過多少年他都不會忘記。對亞倫而言，加克就是希望的代名詞。他捧著加克的面頰，眼淚消散在碧綠的湖水中。

百年過去，他終於等到了。

他嘗試拉了一下加克的手，而魔像絲毫沒有挪動的跡象。即使他用荊棘纏住加克，聯合穆恩與艾爾艾特死命地往上拉，魔像仍紋絲不動。

無可奈何之下，亞倫依依不捨地看了看加克，最後示意兩位夥伴返回湖面上。

「我要直接入侵他的心靈。」既然拉不上岸，只好強制讓加克清醒自行脫困了。

「你確定？」穆恩想到亞倫上次入侵石巨人的內心，最後差點醒不來，覺得這方法不太可靠。「萬一你沒法醒來怎麼辦？」

「不會。」亞倫瞄了加克的沉睡處一眼。「魔法師會讓魔像深陷於自己的心魔，使他們在夢中迷失自我，無法甦醒。而若要說加克有什麼心魔，那肯定是我。」

這句話亞倫敢說，穆恩還不敢聽。穆恩再一次見識到哥雷姆王子對自己的魅力有多麼自信。

「……隨便你，反正醒不來也是你家的事。既然你這麼有信心，等等被困在夢裡別叫我幫忙。」

「我知道如果發生意外，你一定會來救我的。」亞倫語氣甜膩地回應。

「再講我就要吐了，滾回水裡去！」穆恩用力把亞倫壓進水中，不知情的人大概會以為這裡在上演什麼謀殺案。

王子殿下掙扎著冒出一顆頭，補充了一句：「如果等到黎明我還沒有醒來，記得叫我——」

「結果你也不是百分之百確定他的心魔是你不是嗎！」

亞倫重新游至湖底，他盯著加克一會，做足了心理準備後，將手放到加克胸前的心臟魔紋上，緩緩闔起了雙眼。

當亞倫睜開眼睛時，一度以爲自己並未潛入成功，因爲景色同樣是那道瀑布。此刻他站在瀑布正前方的岸邊，隨即注意到有另一個人也佇立在湖岸。

一名穿戴紅披風的中年男子柱著拐杖，凝視著瀑布，直到亞倫向他打招呼，男子才回過頭。

「請問是賽西羅大師嗎？」亞倫有些猶豫地開口。他從未見過賽西羅本人，但會披著紅披風站在這裡的人類，除了賽西羅不會有別人了。

男子瞄了亞倫一眼，冷笑一聲，搖了搖頭。「你啊，一看就知道不適合習武。我是不可能教你的，回去吧。」

「您誤會了。」亞倫不禁失笑，看來賽西羅眞的是被問怕了。「我是來找您的徒弟加克的，您曉得他在哪裡嗎？」

「你想見他？」賽西羅上下打量亞倫，表情似乎略顯輕蔑，不過仍勉強點了點頭。「可以，你要答對我的問題，我才會告訴你他在哪。」

「什麼問題呢？」

賽西羅杜著拐杖，姿態高傲地對亞倫拋出難題。「從不收徒弟的我，爲何會破例收那傢伙爲徒弟？」

每個哥雷姆的居民都知曉這個問題的答案，然而賽西羅特意這麼問，讓亞倫直覺懷疑實情並不單純。

爲何加克心中的賽西羅會如此提問？難道有其他原因？

在那幅被嵌在賽西羅臥室牆上的畫中，賽西羅與加克身旁還有一名年輕男子。男子模樣平凡，穿著樸素，身形也不像習武之人。可是畫中的兩人想必都對賽西羅相當重要，否則不可能放在他的臥室裡。

假如那名男子不是賽西羅的徒弟，那麼還有另一個可能。

「您是不是還有個兒子？」

原先神態自信的賽西羅臉色瞬間僵硬，見狀，換成亞倫自信地笑了。他愉快地一語道出眞相：「其實您的劍術只傳授給兒子，是嗎？」

賽西羅深深凝視亞倫，他不再看輕這位柔弱的青年，微微點了點頭。

亞倫明白的，因爲他父王也是這樣。厄密斯都表明了要帶他走，他父王卻早已下定決心毀約。哥雷姆王只會將他最自豪的寶物——哥雷姆國，交給自己的兒子。而對賽西羅來說，他最自豪的寶物肯定是鑽研多年的劍術，不想隨意傳授他人也是無可厚非。

「加克並非我的徒弟，這是我跟加克之間的祕密，也是加克唯一會說的謊，但是我想……他一定希望有人知悉眞相，所以我才會在這裡。」賽西羅眺望著不遠處的瀑布，邁開步伐，一腳踩在了湖面上。

被英雄騎士踩過的水面泛起陣陣漣漪，他回頭看向王子殿下，無聲地邀請。

亞倫猶豫了下，最後還是跟著踩上湖面，在短短的路途中傾聽賽西羅娓娓道來。

「是我要他說謊的，因爲我明白只要這麼說，人們就會關注他。無論是他劈開了瀑布，還是我的標準極高，從沒有這些事……我只是某天來這裡散步時，覺得他在樹下逗弄松鼠的模樣很像我兒子而已。我兒子討厭習武，他受不了艱辛的訓練，也厭惡拿劍砍人，在他眼中我並不是什麼英雄，而是手刃無數人的劊子手，所以他早早就離家出走了。」賽西羅背對著亞倫，步伐緩慢地前行。「直到我退休回到家鄉，才遇見熱愛劍術的加克。」

亞倫忽然能理解爲何賽西羅不願將劍術傳給任何人了，也許兒子離家出走一事帶給了他極大的打擊，重要的人徹底否定他最自傲的事物，所以他才決意不再與人分享自己的劍術。

「人們總是喜歡美好的傳說故事，但我只是爲那孩子撰寫了傳說的開頭，後續的故事都是他自行創造出來的。」

賽西羅在瀑布前方停步，仰頭望著高聳的懸崖。

「加克是特別的。雖然被魔法師詛咒，他仍知道外面發生了什麼事。魔法師成功將他困在了夢裡，卻無法汙染他的心靈世界。」

賽西羅舉起拐杖，一把拔開拐杖的頭，露出藏在杖身裡的銀劍。

銀光一閃，瀑布眨眼間被蠻橫無比的力量切成兩半，這一瞬間，時間靜止了，四濺的透明水花停滯在空中，被劈開的瀑布露出泛著白光的裂縫。

「劈開瀑布這種事，終究只能在夢中實現。不是嗎？」賽西羅語帶嘲諷地說完，輕笑一聲，往旁讓開。

「加克就在前面，去吧，你已經通過他設下的考驗。他說過，如果是你，一定答得出正確答案的，殿下。」

亞倫睜大眼睛，他見到賽西羅對他點點頭，於是他不再遲疑，深吸一口氣，走入了發光的裂縫中。

當白光消失時，亞倫感覺心跳彷彿瞬間停了下，臉色隨即變得慘白。

他做夢也沒想到自己會目睹這樣的畫面。

他站在無比寬廣的廳堂前，燦爛的陽光透過彩繪玻璃灑落在鋪著紅毯的石磚地面，紅毯一路延伸至一張氣派的座椅前方。

那是只有哥雷姆王才有資格坐的位子，亞倫從前經常看著父王坐在王座上，向底下的一眾大臣交代事項。小時候他覺得坐在那張椅子上很威風，還曾經趁人不注意偷偷爬上去，結果理所當然被罵了一頓。

對身爲王子的亞倫而言，那是一張他絕不能坐的椅子。然而……

此刻，他自己就坐在上面。

十二歲的他癱坐在王座上，低垂著頭，胸口插著一把長劍。鮮血染紅了他精緻的衣裝，沿著他癱軟的手臂汩汩流下。

亞倫完全料想不到會看見年幼的自己被一劍穿心，死在王座上。

不僅如此，廳堂兩側也躺滿了屍體，其中不乏亞倫認識的人，例如常與他往來的皇家魔紋師一行人，以及宮中的貴族大臣們，如今全都倒臥在血泊中。

最令亞倫恐懼的是，他的父王和母后就慘死在王座旁，他們趴在地上，渾身皆是怵目驚心的血跡，失去生氣的的手伸向王座的方向。

亞倫再也壓抑不住情緒，他跪坐在地，潸然淚下。加克的噩夢就是他的噩夢，他從未想過困住加克的夢境會如此駭人。

「不要哭，殿下。」

熟悉而溫暖的聲音在他耳邊響起。

「對不起，讓您看到這一切……我的噩夢對殿下而言太過沉重了，請原諒我。」

「你在說什麼？這麼多年來你始終被困在這個地方嗎？」亞倫光是多瞧一眼都感覺痛苦，他猛然轉過身，朝思暮想的那名騎士終於映入他的眼簾。

陽光擦亮了加克的銀色鎧甲，微風揚起了加克紅豔的披風，魔像騎士身姿英挺地佇立在王子殿下背後。即使經過百年，加克的模樣依舊跟亞倫記憶中分毫不差。

亞倫顫抖著踏出步伐，一步步走到加克面前，明明有千言萬語想訴說，可是一見到本人，他反而說不出口了。

「不是的，殿下。不僅如此……我光是想到沒能及時趕回去，就痛苦得無法從這個噩夢清醒，我一直以爲你們都死了。」加克動作僵硬地伸出手，在即將碰到亞倫的臉之前，硬生生停住。

「但是我感覺到殿下您來了，那一刻，我知道自己總算可以從夢中醒來了。幸好您沒事，幸好……」

加克不斷喃喃著重複最後一句話，聽得亞倫滿腹心酸，只能緊緊回抱住對方。

「只要確定殿下仍活著，我就能從噩夢中甦醒了。」

「嗯，我還活著。這一切不過是幻影，沒事了。」亞倫的臉貼在堅硬的鎧甲上，十分肯定地告訴加克：「雖然無論是父王與母后……還是其他人都不在了，不過哥雷姆國和我都還在。」

「謝謝您，殿下。」加克聽起來終於釋懷了。

亞倫放開他，毅然決然地走向王座，接著深吸一口氣，握住了插在小亞倫胸口上的劍。

他明白，這把劍正是這場噩夢的源頭，既然加克無法拔出這把劍，就由他來動手。

「這不過是他留下的幻象罷了。」

面對年幼的自己，亞倫絲毫不客氣，他一把將劍從胸口拔出，注視著小亞倫胸口那個染血窟窿。

明知是假的，眼看自己死得這麼淒慘仍是挺驚悚的，所幸在他拔起劍後，整個世界便像玻璃般碎裂成無數片，逐漸消融在白光中。

亞倫回頭望向魔像騎士，伸出了自己的手。

「我們走吧，加克。」

魔像騎士沒有猶豫，大步走過去握住亞倫的手。這一瞬間，他們的視野徹底被白光覆蓋，終於得以逃出這場永無止盡的噩夢——

歷經漫長的時光，沉睡於湖底的魔像騎士從夢中醒來。

任何事都無法再阻擋他的腳步，他從淤泥中爬起，一手摟住了他的王子殿下，游向湖面。

坐在湖岸邊的人類騎士一見加克從水面冒出，眼睛都瞪大了。他沒想到亞倫眞的成功了，而且用的時間比他預期中還短。

「你就是穆恩對吧？謝謝你幫忙照顧殿下。」加克將輾轉清醒的亞倫輕輕放到地上後，微微傾身對穆恩鞠躬。接著，他瞧見了小木偶艾爾艾特，登時怔了一下。

「他……」加克的聲音充滿猶豫，他看看亞倫，又看看艾爾艾特，似乎有話想說，然而艾爾艾特搖了搖頭。

「怎麼了？他是艾爾艾特，因為他，我才能順利從城堡逃出來。」亞倫將艾爾艾特抱起，好奇地來回打量加克和艾爾艾特。他怎麼感覺加克好像認識艾爾艾特？

加克還來不及回答，穆恩便率先開口了。

「你怎麼會知道我的名字？」穆恩滿心質疑盯著魔像騎士。他們是第一次見面吧？

加克用短短的「沒事」兩字打發了王子殿下，趕緊轉而回應穆恩。

「我有聽見殿下喊你的名字，還聽到殿下說想跳瀑布。」加克看向溼答答的亞倫。「殿下，您貴爲王子，就算現在把病養好了，也不能做出這種行爲。」

「你醒來後第一句想對我說的話就是這個嗎……這時候不是該抱抱我，說很想我嗎？」亞倫委屈地回，如此厚顏無恥的發言令穆恩一陣惡寒。加克聽了這番話，仍舊一本正經地說：「您已經成年了，必須學習自律跟保持儀態。擁抱與輕浮的言語要盡量減少。」

碰了個軟釘子，亞倫只能啞口無言。

見亞倫一副鬱悶的樣子，穆恩不禁大笑出聲。

「你這不是搬石頭砸自己的腳嗎？這傢伙不是騎士，而是老媽吧？」穆恩的手肘隨意地擱到亞倫肩上，另一隻手指著加克。「他從以前就這樣子？」

「請你不要對殿下做出如此輕浮的舉動。」加克一把拍開穆恩的手，不太高興地說。「這麼做太失禮了，而且會給殿下帶來不良影響。」

「你怕我帶壞他？不會吧？這傢伙用不著我教，天生就一肚子壞水，你待在他身邊這麼多年，難道會不清楚？」

加克頓時語塞。

「加克，我才不像他說的那樣對不對？」

加克看看亞倫，又看看穆恩，一向直線思考的腦袋打了結，最後選了個自認最合適的答案：「殿下確實有許多可進步的空間。」

「你怎麼這樣回答，我好傷心……」

「哈哈哈！」

雖然認識還不深，穆恩仍覺得這尊魔像挺有趣的。加克的嗓音確實相當特別，除此之外個性也好懂，最重要的是，加克看起來很強。

即使在水裡泡了將近百年，加克卻絲毫沒有生鏽的跡象，整體顯得光亮如新，鎧甲在月光下透著淡淡光芒，而背後的紅色披風雖略顯破爛，仍看得出來是以貴重且耐用的布料所縫製，更別提佩掛在腰間的長劍了。光是憑劍鞘上充滿藝術感的魔紋，穆恩就知道這絕對是一把稀有的魔法劍。

穆恩越看越能夠理解，爲何其他冒險者會把賽西羅宅邸內的魔像鎧甲穿走了。哥雷姆人在打造武器防具上絲毫不吝惜花費，不僅用料高檔，鍛造技術也是一等一的好。像加克這樣的鎧甲，在拍賣會絕對能賣出無敵天價。

「殿下，您的朋友看我的眼神怪怪的。」

聞言，亞倫想起稍早穆恩吹噓自己將許多怪物王的屍體拿去賣掉的事，於是連忙把穆恩拉到一旁，嚴肅地要穆恩不准打加克的主意。

「你在說什麼？他可是我們的夥伴，我才不會做出賣同伴這種事，你想太多了。」

穆恩哈哈笑著拍了拍亞倫的背。

亞倫狐疑地盯著穆恩，某人好像忘了自己在同行間的惡名。

很快，穆恩就笑不出來了，因爲他察覺到加克盯著他的劍，頓時有了不祥的預感。

加克正經八百地對自家主人說：「殿下，既然您選定穆恩閣下作爲您的夥伴，那我有必要測試他的實力是否夠格。」

「你就只是想切磋而已吧！別以爲我不曉得你們賽西羅家的魔像在想什麼！一個個都要跟我打架是怎樣！」

最後，穆恩以了解目前情況比較重要爲由，阻止了加克。當他提及亞倫變成了不死之身，加克就立刻把切磋的事拋到腦後，專心聽起兩人七嘴八舌地述說滅國後發生的所有事情。

加克一度不敢相信亞倫居然成了半是人類半是怪物的存在，他握住王子殿下的手，反覆確認了好幾次，直到亞倫展示出自己的荊棘，加克才終於接受這個事實。

他沒料到時間已經過了百年，亞倫還變成了這副樣子；更難以置信發生了這麼多事，亞倫還能像這樣坐在他面前，一臉稀鬆平常地向他說明一切。

「殿下，您眞的沒事嗎？」在加克的印象中，亞倫雖然有時會做出令人頭痛的行爲，不過是個熱愛著周遭人事物的好孩子。滅國一事想必讓亞倫十分難受，然而對此亞倫看起來卻像沒事人似的。

「我不要緊的。」亞倫望向穆恩與艾爾艾特。「在我醒來後，穆恩跟艾爾艾特始終陪伴著我。無論遭遇什麼難關，我們都一起度過。」

「既然殿下許我一輩子榮華富貴，我也只能硬著頭皮上了。」穆恩攤了攤手，這副吊兒郎當的模樣讓加克大為不滿。

「殿下，用人不能找利慾薰心的，這種人很容易為了利益背叛雇主。」

「是嗎？我不覺得穆恩是這樣的人。」雖然至今為止，不管是穆恩本人還是那些冒險者們都認為穆恩就是見錢眼開，但亞倫感覺沒這麼誇張。「如果穆恩會背叛，那可能只是對方無法給予他想要的東西。」

他明白穆恩一直都很清楚自己想要什麼，穆恩與其他人最大的不同就是，他從不避諱去面對自己的欲望，既不屑當個好人，也不屑掩藏自己齷齪的欲求，就是如此坦然。

「說得好像很了解我似的，你又知道我想要什麼了？」

亞倫笑笑地說：「不就是追求心靈與肉體上的歡愉嗎？」

「……雖然結論好像沒錯，不過你可以不要用這麼曖昧的說法嗎？」穆恩想反駁卻找不到能反駁的地方，只覺自己又被調戲了。

豈料加克眞的被字面上的意思誤導了，他一把按住亞倫的雙肩，失控地高喊：「殿下，您用什麼給他肉體上的歡愉？您貢獻出自己的肉體了嗎！」

亞倫和穆恩齊齊怔住。

「殿下，您貴為王子，肉體應該獻給未來的皇后才對，您先跟這傢伙有過魚水之歡，那不就只能把人家娶進門了嗎？我絕不會答應殿下娶這種人當皇后的！」

「夠了！誰說要他的肉體了！我要的只有錢！錢跟地位！」穆恩再也聽不下去，整個人跳起來崩潰地指著亞倫，並對魔像騎士怒斥：「我是絕對不會跟他結爲伴侶，也不會成爲你們邪教之國的皇后的！有病嗎你們！誰想要他的肉體！」

亞倫笑得肩膀都在抖，此時加克這才發覺自己誤會了，王子殿下根本是故意講得曖昧不清。

「……殿下。」加克已經無奈到不知該說什麼了。

「就說這傢伙滿腹壞水了。正是因爲這樣，才會被那些冒險者針對。」

「如果你沒跟著火上加油，我們也不會落到這種地步……」

「發生了什麼事？」見兩人開始互相指責，加克有些緊張地問。「殿下怎麼會被冒險者針對？」

在以前這是不可能的，即使有人對亞倫心懷不滿也不會公開表示，畢竟亞倫既是國王最疼愛的獨生子，又是備受魔像喜愛的薩滿，公然針對哥雷姆王子簡直是不要命了。

「說來話長……」亞倫不禁露出一絲苦笑。他之所以苦笑不是因爲目前的窘境，而是因爲等等加克會有的反應。

他解釋自己藏起了怪物王子的身分，正作爲冒險者帶著艾爾艾特與穆恩四處旅行。聽著兩人在阿德拉鎮遭逢的種種事件，加克越發沉默，而說到泰歐斯與他們搶怪，接著雙方在大街上爆發衝突時，亞倫與穆恩又你一言我一語地彼此推卸起責任。

「都怪你一開始向他們搭訕時，坐在那兩個女人中間，哪裡不坐，偏要坐那裡，肯定會被泰歐斯記恨啊！都說不要樹敵了！」

「明明是你比較過分，要是一與泰歐斯重逢你就說『哎呀這不是那個殺了大蜘蛛的英雄嗎』，肯定能把他捧上天，說不定還會跟我們合作……」

「我幹麼要捧他？再說，殺掉大蜘蛛的人明明就是我！」

「夠了！」加克怒喝一聲，兩人嚇了一跳，齊齊朝加克看去。加克站了起來，雙手抱胸居高臨下盯著他們。

「殿下，您的處理方式太讓我失望了。既然知道有競爭對手，在追捕阿德拉惡魔之前，就該和他們簽訂協議，而不是仗著自己魔紋師的身分去與人爭奪。若您一開始能和那些人交涉妥當，並安排好報酬分配的問題，就不必與那些人為敵。」

亞倫被說得一句話都回不了。

「還有穆恩閣下，你太衝動了。你明知殿下身分敏感，這種時候更必須謹慎小心，不該威嚇他人招來敵視。你應該跟同行打好關係，協助殿下創造雙贏的局面。」

面對這番責難，穆恩翻了個白眼。「要我跟那些人打好關係？你在開玩笑吧？我們冒險者從不用文明的方法做事，誰實力強怪物就是誰的。」

這還是第一次有怪物告訴他要用文明的手段行事，這讓穆恩感覺立場有點怪怪的，怎麼搞得他才是怪物似的。

「他們不懂文明，你就強迫他們懂。最重要的是，你要先學習當個文明人，才有辦法說服對方。如果你要跟著殿下，就必須了解文明人的處理方式。」

「哦？那還請怪物閣下告訴我，什麼叫文明人的處理方式。」穆恩語帶挑釁，加克應了一聲「好」，兩手一撈，直接把亞倫跟穆恩攔腰撈起來，二話不說朝鎮上前進。

「喂！你幹什麼！放開我！」穆恩震驚了，他奮力想挪開加克的手，可是魔像的手彷彿有千斤重，不僅完全扳不動，還緊緊把他夾在腋下。「這就是你所謂的文明人的做事方式？別開玩笑了！」

亞倫則絲毫無意抵抗，反而還撒嬌地向加克說：「加克，這樣很不舒服，你用抱的好不好？」

「殿下要先答應我不會逃跑。」

「我保證我會乖乖的，你叫我讀書就讀書，叫我回房間就回房間。」亞倫明白這名魔像吃軟不吃硬，他雙手合十，裝出乖小孩的樣子，眼神閃亮亮地仰頭望著加克。

加克嘆息一聲，只好先把亞倫放下，艾爾艾特也趁機跳到亞倫懷裡。接著，加克和以前一樣將亞倫單手抱起，已經成年的王子殿下被這樣抱也不害臊，還熟練地自行調整了個舒服的姿勢。

「喂，魔紋師，快想想辦法啊！」

「沒辦法，只要加克下定決心要做什麼，他就一定會認眞執行。」逃跑這件事，亞倫小時候早就嘗試過無數次了，加克也時常受哥雷姆國王所託，要把貪玩蹺課的小王子抓回去。

亞倫身邊的大人們都知道，他最喜歡的魔像就是加克，所以經常拿加克當誘餌，把躲在城堡某處的亞倫引出來。年幼的王子殿下自然不可能從魔像手中逃脫，不過加克個性老實，只要多說幾句好話，裝得乖一點，亞倫同樣能占到便宜。

「你連命令魔像都做不到，我要你這個隊友幹麼！」穆恩快被一點也不可靠的王子殿下氣死了。

「我們必須用文明人的方式命令魔像，你想靠蠻力掙脫肯定是行不通的，要多向加克表現你的誠懇。」

「誰要跟你一樣不要臉地向他求情！」

「如果對方不懂文明，你就要強迫對方懂。」加克義正詞嚴地指導穆恩。「強迫到對方懂了為止。」

穆恩已經什麼都不想說了，他現在就是個被怪物抓住的可憐人，只能悲慘地聽怪物說教。

眼看城鎮就在前方，亞倫滿懷期待地說：「對了，加克，從今天開始你都要叫我亞倫，別忘了我現在隱瞞著身分，要是你叫我殿下，害我被懷疑了，我會很困擾的。」

他從小跟加克講了多少次，直接叫他亞倫就好，無奈這死腦筋的魔像認為這不合規矩，始終打死不肯聽從。

「殿下，為確保您的身分不被揭穿，在眾人面前我會喊您的小名，可是私底下依舊會叫您殿下，確立從屬關係是必須的。」

「把你家殿下跟他的朋友不由分說抱著走，這種行爲叫確立從屬關係？你這魔像的腦袋是燒壞了吧！」一旁傳來穆恩忿忿不平的吐槽。

「在殿下能夠獨當一面之前，我有必要負起教育殿下的責任。」加克正經八百地回話。

「可是你不是在夢中叫了我的小名嗎？我聽到了喔。」

「因爲不那麼叫，殿下不會回頭看我的。」

亞倫聽了很不滿意，他發覺加克沒有印象中這麼好唬弄了。都怪他父王，沒事把魔像送出去幹麼。

地平線上曙光乍現，當亞倫等人抵達城鎮時，街上已經有三三兩兩的行人了。人們看見這奇異的一行人，紛紛瞪大了眼睛，阿德拉鎮的居民們如遭雷擊一般呆愣在原地，嘴裡喃喃「一定是在做夢」，或揉揉眼睛說「絕對是看錯了」，冒險者們則大剌剌地盯著亞倫他們，個個顯得莫名其妙。

穆恩感到非常丟臉，他摀住自己的臉，什麼都不想管了。他能怎麼辦？魔像騎士加克可是阿德拉鎮的魔像王，無論是奧爾哈村的石巨人還是賽西羅家的兩隻老鷹都不比加克強，給穆恩一箱金幣他也不想挑戰這名怪物。

而冒險者們傻眼了，經過昨天那場衝突，他們已經把穆恩跟亞倫視爲敵人，不打死這兩人簡直對不起他們冒險者的名聲。可這是怎麼回事？怎麼一夜過去又多了一個騎士？

「看什麼看？沒見過魔像嗎？」穆恩凶惡地對那些目瞪口呆的冒險者說。他指著加克，氣呼呼地警告：「我跟你們講啊，你們別以為這傢伙跟你們熟知的魔像是同一種東西，換作是你們，一樣會落得這種下場！」

「那傢伙是魔像？」

冒險者們狐疑地盯著加克，若不拿下頭盔，加克看起來就跟人類無異。不過加克一手夾著穆恩、一手抱著亞倫，這好像不是一般人能做到的事。

「加克，我們先去教堂，我有事要交代信徒們。」亞倫不想理會那些人，他拍拍加克的肩膀，指向教堂的反方向。

「好的，殿——亞倫。」加克機械式地朝正確的方向邁開腳步，但冒險者們哪可能那麼輕易放他們走，他們跟亞倫和穆恩的帳還沒算完。

「喂，你們還想去哪裡？昨天的事可不能就這樣算了。」

「以為我們會讓你們去找那些邪教徒聯手胡作非為嗎？別開玩笑了！」

冒險者們紛紛拔出武器狠瞪他們，這讓加克不高興了起來。

「請把武器收起來，你們不僅會觸犯公共危險罪，而且還可能傷到人。」

「你這傢伙真的是魔像啊？」

「公共危險罪？哈哈哈！哥雷姆國都滅亡這麼久了，誰還在乎這裡原本有什麼法律？」

「如果你真的是魔像，那你本身的存在就是罪。只要是怪物都該死！」

不知是誰先行動的，總之其中一個冒險者舉劍砍向了加克，其他冒險者也跟著展開攻擊，然後——

在被長劍碰到之前，加克一腳踹向了率先攻擊者的胸口，直接把人踹飛兩、三公尺遠。他放下亞倫與穆恩，拔出懸掛於腰間的長劍，以不帶任何感情的口吻說：「根據哥雷姆國律法第七百二十一條，我要當場逮捕你們。」

穆恩根本沒看清楚他的動作，加克的身影有如一陣疾風在冒險者之間穿梭，不到幾秒鐘後，加克返回原本所站的地方，而冒險者們幾乎在同一時間統統倒下，難受地躺在地上哀鳴。

只見魔像騎士喃喃自語著要找繩子，結果還眞的有民眾興奮地遞上麻繩給加克。加克三兩下把冒險者們綑綁在一起，接著手持麻繩的一端，對自家殿下說：「亞倫，請容我先去地牢一趟，我得把犯人關進去。」

「請。」亞倫笑咪咪地說。

加克點點頭，拖著繩子邁開步伐。即使後面拖著三個大男人，他的速度也一點都沒有減慢，看得穆恩目瞪口呆。

「對魔像而言，犯法就是犯法，他們沒在跟你講道理的，只要軀體還能運作，他們就會依法行事。」亞倫對無語的穆恩解釋。

「是魔像英雄加克！這出神入化的身手，肯定是我們的魔像英雄沒錯！」

「眞的是他嗎？雖然他的模樣跟書中的紀載如出一轍，但據說加克在滅國前就離開了哥雷姆國，照理說不可能……」

「他身旁跟著魔紋師啊！沒聽到剛剛那位魔紋師大人喊他加克了嗎？」

加克無視聚集在自己身上的目光，堅定地一步步走向地牢，然而很快就有其他冒險者注意到他的舉動，趕緊過來興師問罪。

「他們犯了哥雷姆國律法第七百二十一條，必須入獄服刑。」加克一本正經地表示，冒險者們錯愕無比，他們當然不會被這看似荒唐的理由說服。

「開什麼玩笑？誰知道哥雷姆有什麼法律啊？」

「不知者可減刑，但入獄是必要的。」

「什麼入獄？我們好心留在這個城鎮為民除害，憑什麼逮捕我們！」

加克才開口說了「根據」兩字，冒險者們便一擁而上想攻擊他，結果不出一會就被加克打得東倒西歪，同樣落得了躺地哀號的下場。

「這下光用繩子可能拖不動了。」加克又開始煩惱了，不過他的追隨者們不會讓他陷入困擾，一位居民又冒了出來，拿著一條不知從哪來的鐵鍊殷勤地獻給他。

加克鄭重地向對方道謝，然後再度三兩下把冒險者們全捆在一起，現在他背後拖著五個人了。加克的前行速度終於放慢下來，然而這依舊無法阻止他的腳步。

這幅奇景令穆恩的心情非常暢快，稍早被加克一路攔腰抱著從瀑布走到城鎮的不滿煙消雲散。至少他的待遇還不算差，沒像那些人一樣被綁起來拖著走。

「放開我，你這怪物！」

「我們千里迢迢來到這裡，就是爲了拯救哥雷姆國，你憑什麼綁住我們！」

「這傢伙自己就比你們強不知多少倍，哪還需要你們啊？」穆恩在一旁涼涼地說。

「你們放心去牢裡蹲著，怪物交給我們就好。」亞倫抱著艾爾艾特，語氣親切和善。

「開什麼玩笑！誰會將阿德拉惡魔交給你們這群邪魔歪道解決！」

「請不要在公共場合誹謗他人，這將觸犯哥雷姆律法第四百七十九條。」加克嚴肅地告誡冒險者們，他一說完，冒險者們立刻不敢再開口了。

「這就是你們哥雷姆人所謂文明的做事方式？對方不懂文明，就用暴力讓他們懂？」穆恩眞心覺得他無法理解魔像的思維，明明同樣都是把人痛揍一頓。「早說嘛，我覺得我學得會。」

他看向走在加克另一側的亞倫，露出痞氣的笑容。「我負責揍人，你負責讓他們懂，這不就解決了嗎？」

「行使暴力是不對的。」亞倫無視後面那群被還在哀哀叫的冒險者，仍舊堅持那套說法。「加克這叫依法行事，不是暴力。」

「都給你們講就好了。」穆恩完全不想了解哥雷姆的居民腦袋裡在想什麼，他們總是在奇怪的地方特別堅持。

高大的加克十分醒目，所有民眾都愣愣盯著他，一時間還沒反應過來加克眞的甦醒了。冒險者們則不敢輕舉妄動，光是看到加克身穿高檔鎧甲，背後還拖著五個成年人，他們就曉得這傢伙肯定不好對付。

來到地牢所在處，加克把一串冒險者丟進已閒置百年的牢房。由於找不到鑰匙，他便直接把一尊看起來少說有上百公斤的石頭魔像擋在牢房門口。

但加克對此顯然仍不甚滿意，他轉頭對自家主人說：「亞倫閣下，我需要更多人力。」

「那有什麼問題。」亞倫親暱地勾住加克的手，將魔像騎士帶離。「我正要處理這件事，快點送我們去教堂。」

加克點點頭，臨走前不忘回頭叮囑那些被關在牢裡的倒楣蛋：「越獄是犯法的，會加重處罰。」

冒險者們渾身僵硬望著他，誰也沒有開口。瞧他們冒著冷汗的模樣，想必越獄的機率不大。

「我們時間不多，阿德拉惡魔在短短幾個月內成長爲連菁英冒險者都解決不了的怪物，再拖延下去後果不堪設想。」

「沒錯，別再讓我那些白痴同行送頭了，要他們合作比拯救哥雷姆國還難，靠魔像比較快。」

亞倫點點頭。即使他們想合作，冒險者們也不會同意，他們的名聲實在太差了。

所幸他們的目的地離地牢不遠，在加克的護衛下，沒多久他們便抵達鎮上的教堂。

信徒們一見到亞倫，就像是看見希望一般紛紛湧了上來，有些人甚至沒在第一時間注意到加克也在。

「魔、魔紋師大人，對不起……」昨日那名護身符被摔壞的信徒撲到亞倫懷裡，哭哭啼啼地說：「都是我害您被他們追殺……」

如今整間教堂的信徒都曉得亞倫是魔紋師了，他們原本就對這位了解魔像教的青年頗有好感，也有人早在先前就察覺亞倫多半是哥雷姆人。經過昨天的風波後，他們更是對亞倫感到既崇拜又愧疚。

亞倫沒有和以往一樣以花言巧語安慰對方，反而露出嚴肅的表情，將那名信徒從自己身上拉開。「你明白你做錯了什麼嗎？」

「我……我只是在祈求霍普保佑我們，順便詛咒那些不長眼的冒險者！您都不知道他們對霍普說出了多不敬的話！」

「不管他們說了什麼，你們都不該隨便以沒有根據的說法回擊。」亞倫雙手按住信徒的肩膀，認眞地曉以大義：「在這個人心惶惶的時刻，我們的信仰應該成爲支撐大家走下去的力量，而不是成爲製造恐慌的來源。阿德拉惡魔的出現跟魔像教一點關係也沒有，你們沒憑沒據，不能隨意散布謠言。」

若沒發生過昨天那起意外，或許有人會反駁亞倫，但冒險者們已經證明詆毀霍普並不會變成怪物，因此信徒們也覺得面子有點掛不住，他們確實造謠了。

「我明白你們的心情，發生那種事一定會心有不甘，身處危機重重的環境中，也一定會想要找到值得相信的事物，你們已經盡力了。」亞倫環顧在場的信眾，逐一與他們對上目光。「不過我們不能用錯方法。那些冒險者之所以憎恨我們，就是因爲我們用錯了方法。他們對阿德拉惡魔也感到忌憚不安，在這種情況下，我們又說了沒有事實根據的話，散播恐懼，他們才會以粗暴的方式打擊我們的信仰，藉此驅散他們的害怕。」

「可是我們還能怎麼辦！那些人遲遲沒打倒阿德拉惡魔！每晚都有人死於惡魔之手，我們除了霍普以外，沒有其他能相信的了！經過這麼長的時間，誰都沒能拯救我們……」護身符被毀的信徒越說越激動，最後忍不住流下淚來。

「百年過去……哥雷姆國依然毫無復興的跡象，我們與世隔絕，唯一能仰賴的只有冒險者。但他們嘴上說要拯救這個國家，卻沒一個是發自眞心，他們說自己實力不夠，所以不願去首都佩爾泰斯，整日嘻嘻哈哈地在街上閒晃，解決一些連魔法師的邊都摸不著的怪物，打倒一尊魔像就把自己吹噓得像救國英雄。他們以爲我們看不出來，事實上我們都很清楚，沒有一個冒險者想面對彈指間就把哥雷姆國滅掉的魔法師。」

這名信徒彷彿說中了所有人的痛處，大夥兒神色哀戚地垂下頭，誰也沒再開口。

穆恩可以理解他那些同行的想法，光是一尊老鷹魔像就足以讓冒險者們如臨大敵，更何況是一整個國家的魔像。能夠跟隨在魔法師身邊的魔像實力肯定都很強，他稍微想像一下就能體會那些冒險者的絕望。

那不是人類能擊敗的怪物，無論是多驕矜自滿的冒險者都明白這點。

不是不想對付，而是對付不了，沒有冒險者會去挑戰一個肯定會殺死他們的對手。

「即使那些人早就放棄拯救我們了，我們也不能放棄拯救自己。」亞倫的目光投向遠方，語氣堅定。「如果連我們自己都放棄拯救，才是眞的無望了。我知道你們仍渴求著希望，就如同當年先祖們在茫茫風雪中尋求一線生機一樣。」

亞倫走到碎裂成石塊的霍普雕像前，環顧在場眾人。此刻待在教堂裡的不只有常駐的信徒們，方才在街上發現加克的其他居民也追著加克擠了進來，默默聆聽亞倫發言。

「作爲他們的後代、作爲霍普的信徒，我們只要這雙腿還能走，就絕不會放棄希望。不管面對怎樣的敵人，我們都要拿出意志力，頑強地追求希望直至最後一刻。」

在眾人的注視下，亞倫朝加克伸出了手。

加克瞬間意會，他踏著堅定的沉重步伐上前，握住了王子殿下的手。

信徒們方才注意力都在亞倫身上，再加上教堂內燈光昏暗，所以沒人特別留意亞倫身邊跟著什麼人。此刻，大家才開始仔細打量身形高䠷的鎧甲騎士。

不需要亞倫刻意暗示，所有人很快便確定這尊魔像正是他們的英雄加克。哥雷姆人從小聽加克的故事長大，街道上更不乏加克的雕像，就算加克出現在這裡幾乎是不可能的，他們仍不會錯認魔像英雄的身影。

「因爲魔法師的關係，我在瀑布下沉睡了百年。」加克向眾人說明。「但是亞倫喚醒了我。我跟你們一樣，只要心臟魔紋沒有被破壞，就絕不會放棄拯救哥雷姆國。」

「現在，有怪物正在這座城鎮肆虐。」亞倫嚴肅地注視著加克。「你是要坐以待斃，苦等其他人來解救，還是要展開行動，親手拯救自己的家園？」

加克明白自己該做什麼，他毫不猶豫地單膝跪下，執起亞倫的手舉至頭盔的面甲處，垂首輕觸，像是吻手禮一樣。

「親手拯救，我的……」加克被亞倫凜然的姿態所感染，差點情不自禁地喊出殿下，但他及時想起亞倫的交代，連忙轉了個彎：「亞倫。」

亞倫唇角微彎，望向教堂裡的居民們。「你們呢？」

一開始沒有任何人回應。

半晌，終於有一人怯怯地表示自己也要親手拯救家園，其他人彷彿受到了鼓舞，一個個跟著開口。

「不靠任何人，我要親手拯救自己的家鄉。」

「我也是！不管是魔法師還是阿德拉惡魔都一樣，我們會親自將他們趕出去！」

「連魔像都不放棄了，我們怎麼能輕言放棄？」

「加克都說會拯救哥雷姆國了，一定沒問題的！」

不知不覺間，所有人都被這份信念所感動，激昂地附和亞倫的話，直到亞倫伸出食指放在嘴唇前示意噤聲，他們才漸漸安靜下來。

「你們做得到，所以我需要你們的幫忙。眼下要先解決最迫在眉睫的威脅，也就是阿德拉惡魔。」亞倫一邊走向教堂門口，一邊說明他的計畫：「我需要魔像，越多越好。幫我找出阿德拉鎮的魔像守衛們，集中送到賽西羅的宅邸來。」

他一腳踏出教堂，露出了自信的微笑。

「是時候了，讓干擾這座城鎮安寧的不速之客知道，我們可不是好惹的。」

第六章

在穆恩面前，亞倫就像個普通的青年，他會跟穆恩亂開玩笑，也會任性耍賴，和穆恩一樣喜歡玩耍尋求刺激，偶爾還會說出天眞的話。

亞倫給穆恩的感覺就像鄰家青年，兩人一見如故。

然而當亞倫收起玩鬧的態度，展現出充滿威儀的一面後，穆恩才重新體認到，他們果然不是同個世界的人。

亞爾戴倫是哥雷姆國的王子殿下，生來就該成爲衆人仰望的對象。

在亞倫的號召下，阿德拉鎮的居民展開了行動。他們在此居住多年，對於鎮上哪裡有魔像自然清清楚楚，許多人踏出教堂後便立刻趕往某個方向。而亞倫則再次造訪了賽西羅的宅邸，這一次有加克隨行，沒人再攔下他們了，原本駐守在宅邸前的守衛們一看到加克就迅速讓道，理由很簡單——

「我是這座宅邸的合法繼承人。」加克如此說道，這讓穆恩嚇壞了。哥雷姆人居然瘋狂到連財產也給魔像繼承？

兩隻老鷹門衛已經回到了他們原本該待的地方——前院的兩座白柱平臺上。見到加克出現，兩隻老鷹欣喜若狂地撲上去，親暱地用爪子勾著加克。面對老鷹們的騷擾，加克的鎧甲非但沒留下抓痕，本人也紋風不動站在原地。

「賽西羅去世前留了遺書，把所有財產都交給我。」加克稍稍一揮手，兩隻老鷹便聽話地返回崗位。他熟門熟路地帶領亞倫和穆恩走進宅邸，一邊介紹：「當時這件事在鎮上造成了轟動，不少人都知情。」

畢竟在當年的哥雷姆律法中，魔像本身屬於人類的資產，然而賽西羅卻把加克視作獨立個體，將自己所擁有的一切全都交給加克。在許多哥雷姆人心中，賽西羅與加克的故事完全是個傳奇，他們打破了太多一般認知。

「這座宅邸的房間很多，你們可以隨意選一間睡。」語畢，加克又立刻對亞倫說：「有一間臥房我想您會喜歡的，請跟我來。」

如今這裡只剩下自己人，於是亞倫原形畢露，笑咪咪地勾住加克的手。「你剛剛表現得很完美，只是『我的亞倫』這稱呼真是嚇我一跳，想不到你是這樣的魔像。」

「是您禁止我喊您殿下的。」加克無奈地回應。

「你早點喊我的名字多好，多順耳啊。」說著，亞倫回頭望向穆恩，埋怨地表示：「你剛才應該附和我啊，瞧瞧加克這個椿腳當得多好。」

「……椿腳？」

「對呀，你看我一朝加克伸出手，加克就明白該做什麼了。」想到稍早的場面，亞倫就感到十分滿意。「民眾看到的希望不是我，而是加克。」

見穆恩面無表情，亞倫好心解釋：「要人去相信一件看似無望的事是很困難的，所以我要讓他們看見希望，才會有人願意嘗試去相信。加克是這座城鎮的英雄，他的存在能令民眾認爲扭轉逆境並非不可能，由他來附和我，才能爲居民們帶來希望，可見椿腳是很重要的。下次我發表演說時，你也要好好當我的椿腳。」

穆恩無言以對了。

想像著自己和那群信徒一樣，盲目地附和亞倫的話，他就忍不住一陣惡寒。不過這也讓他再次對亞倫幻滅了，原來亞倫自己也沒有信心那番演說能說服民眾，因此才借助了加克的力量。

然而無論過程如何，亞倫終究成功激勵了居民們。

「你想得美，誰要當你的椿腳。」

「哎——」

兩人很快選定了房間，也商量好接下來的計畫。亞倫就留在宅邸復甦魔像，而這段時間加克跟穆恩則在鎮上尋找阿德拉惡魔的行蹤，順便也看看能否再帶幾尊魔像回來。

穆恩並不擔心亞倫會遭受其他冒險者攻擊，有兩隻老鷹在，應該不會有狀況，他擔心的是亞倫又魔力不足。

「你魔力夠嗎？」臨出門前，穆恩仔細端詳亞倫的臉色，還執起亞倫的手，感受了下皮膚狀態。泡了一夜的水果然有效，王子殿下的皮膚已經恢復到嬰兒般滑嫩了。

「可以的，我現在精神很好，感覺再來一次遠距離瞬間移動都不是問題。」亞倫一反前幾日的倦怠，整個人顯得神采奕奕。

「先說好，你要是移動到首都我可不會去救你。」

「我本體就躺在首都……」亞倫委屈地回應。「不管是英俊的我還是成堆的金銀財寶，都躺在城堡裡，你不想要了嗎？」

「金銀財寶我要，你就免了。」

熟悉的反應令亞倫不禁莞爾，他握緊穆恩的手，眼神隱隱流露嚮往。他左顧右盼一會，確定除了他們兩人外沒有其他人類與魔像後，才眼含笑意悄聲對穆恩說：「等事情結束，我們再去好好玩一下。我們還沒喝過這裡的酒，有好幾個著名景點也都還沒去過。」

「王子殿下，你那些信徒剛剛才在抱怨我們冒險者成天不務正業，你這麼做不就跟其他冒險者一樣了嗎？」穆恩忍不住感到好笑，這傢伙還眞是人前人後兩個樣。

「是的，身爲王子的亞爾戴倫有義務拯救國家，可是作爲冒險者的亞倫只是個想一邊玩一邊冒險的普通人。只當王子的話，我會瘋掉的，所以偶爾必須卸除王子身上的重擔才行。」亞倫期待地望著穆恩，先前那能言善道又充滿氣勢的姿態蕩然無存，讓穆恩明白，此刻站在他面前的，確實就只是一個名爲亞倫的普通青年。

認知到這一點，穆恩忍不住握緊亞倫的手。

他已經說不清自己究竟想從亞倫身上得到什麼，他只知道一旦放手，他就注定得不到他想要的。

「那當然，別忘了我們兩個誰比較受歡迎還沒分出勝負。」

亞倫點點頭，想到兩人之間堪稱幼稚的賭注，他忍不住低笑出聲，穆恩也被他的情緒感染，跟著笑了出來。

「穆恩閣下，我們該走了。」

加克嚴肅的嗓音忽然傳入兩人耳裡，著實把他們嚇了一跳。

「加克你、你什麼時候來的？」亞倫震驚不已，他的語氣滿是驚慌，神情也有些心虛。

「從穆恩閣下說你們兩個誰比較受歡迎還沒分出勝負時。」

聞言，亞倫鬆了一口氣，而穆恩馬上就猜出原因，亞倫大概是怕加克得知他想去喝酒，畢竟喝個爛醉可不是一位王子該有的風範。

加克抬起手，似乎有話要說，不過他頓了頓，最後還是把手放下。

穆恩一看就曉得加克肯定是對他們有意見了，於是他趕在加克再次開口前拉著對方離開。「走了走了，我們還有很多事要做。」

加克無可奈何，只能順著穆恩離開賽西羅宅邸。

穆恩推測，阿德拉惡魔多半會盡可能離他們這些冒險者遠一點，因此他拿出地圖，先圈出之前與阿德拉惡魔交戰的地點，接著再圈出酒館，開始思考阿德拉惡魔可能的去向。

「你不是單純爲了利益留在殿下身邊。」他才研究到一半，加克忽然蹦出這句，簡直語不驚人死不休，害穆恩差點鬆手讓地圖掉在地上。

「我看你是在湖裡待太久，腦袋都生鏽了是吧？聽好了，我們冒險者最愛的就是錢，尤其是我。無利可圖的事我可不幹。」穆恩翻了個白眼，他真心認為哥雷姆國的居民都很擅長把事情想像得特別美好。

「可是你剛才看殿下的眼神頗為溫柔。」

「啊？我？溫柔？」穆恩震驚無比。他一把捧住加克的頭盔，非常失禮地左擺右擺，瞪大了眼端詳魔像騎士的眼睛長在哪。「你沒長眼睛，哪來的眼睛看到我溫柔地看他？」

加克覺得自己已經許久沒聽過如此失禮的話了，即使無奈，他還是誠實說出了自己所觀察到的：「我感覺你跟殿下感情很好。雖然嘴上常常鬥來鬥去，關係還是相當不錯的，想來你們都很喜歡彼此——」

「你好好說話啊，什麼叫喜歡彼此？你們的王子既自戀又愛調戲別人，還滿口空話，而且長得一副小白臉的樣子！對，小白臉，你知道我以前最討厭跟哪種人組隊嗎？就是像你們家王子這種看起來弱不禁風、什麼都不會的大少爺，要不是為了錢，誰會跟他組隊！」

身為人們皆善於用大筆金錢甩人臉上利誘的哥雷姆國居民，加克自然清楚錢財的重要性。他並不要求穆恩必須跟魔像一樣不求回報，然而他就是察覺得到，亞倫與穆恩不純粹是為了各取所需才走在一起。

「至少我看得出來，殿下很喜歡你。」加克一邊跟隨穆恩走向遠離酒館和旅店的區域，一邊說道：「殿下從小就沒什麼同年紀的朋友，一直十分盼望能有個同齡玩伴。但在我離去前，殿下依然是孤單一人。」

「不會吧？哥雷姆王子耶，人人都想高攀吧？」憑那舌燦蓮花與愛調戲人的個性，穆恩不認爲亞倫會交不到朋友。

「他們承擔不起。」加克搖了搖頭。「殿下身體太過虛弱，一從事激烈活動或踏出戶外就會生病。當狀況發生時，遭受責難的往往是那些陪在他身邊的朋友，於是久而久之，就沒人敢接近殿下了。殿下一旦出了什麼事，後果不是他們所能承擔的。」

穆恩不禁沉默了，他可以想像那種窘境。

「所以殿下花了不少時間鑽研魔紋，因爲他不能和正常人一樣在外玩耍，只能待在城堡內從事靜態的娛樂。不少人以爲殿下是個既文靜又優雅的乖孩子，其實不然，殿下就跟大多數男孩一樣，喜歡冒險與新奇刺激的事物。」

「我感覺得出來。」

「因此殿下肯定很喜歡你，畢竟你帶著他體驗了太多他從以前就渴望的一切。」

穆恩想起方才亞倫望著他的眼神，他第一次被別人用那般嚮往的眼神注視，對象居然還是個從小養尊處優的王子。

「如果你也喜歡殿下，就正式成爲他的騎士吧，殿下一定會很開心的。不過成爲皇后殿下就不行了，我堅決反對。」

「誰要當什麼皇后殿下！」

穆恩一聽這句話火氣就上來了，那個令他渾身起雞皮疙瘩的婚禮夢境又浮現在腦海。

「不要再胡言亂語了，快點幫我推測阿德拉惡魔可能會在哪裡！」穆恩將地圖攤在加克面前，氣憤難當地說：「那個該死的怪物一次次逃出生天，本來我們只差一步就要逮到，結果被那些混帳同行扯後腿。你這傢伙是阿德拉鎮的魔像王吧？快幫我們抓出這顆老鼠屎！」

解決阿德拉惡魔確實是當務之急，因此加克從善如流地研究起來。「百年前阿德拉鎮的每個角落都有魔像，非法之徒幾乎不可能逃過我們的追緝。」

「現在可沒那麼多魔像供你差遣，你家王子再怎樣都只有一個人，短時間內能喚醒的魔像有限。」穆恩沒好氣地說。

「那就要採取重點部署的方式，請殿下讓被喚醒的魔像駐守在這幾個區域。」加克接過穆恩手中的筆，圈出幾個區塊。「百年前這些地方便是人煙稀少、較常發生犯罪的地點。」

「不，阿德拉惡魔需要靠吸血增強力量，所以她雖然會避開冒險者，還是得待在有人的地方，她大概會找那些老弱婦孺下手。」穆恩一把搶過筆，又畫了一個圈。「我觀察過了，這個地方的老人小孩特別多。那些信徒說他們昨晚沒聽說怪物出沒，那惡魔恐怕正潛伏著等待機會。由於力量大幅削弱了，她想必會跟亞倫一樣想盡辦法補充，依我看，最好找個年輕弱小的人上街當誘餌，這樣引出惡魔的機率最高。」

「您這麼說，殿下肯定會自告奮勇的。」

「不會，他的體內沒有血液，做不到的，要有血味才能引阿德拉惡魔上鉤。」穆恩拍拍加克的肩膀。「聽我的話，抓怪物我比較在行。我來想辦法引對方出來，你就負責撒下天羅地網抓住她。」

「請不要使用違反道德的方式，我不會允許你利用鎮上的孩子們引出怪物。」

「我知道，這麼做你一定會把我關起來。」穆恩摸了摸下巴，仔細思考對策。

據他所知，有兩種人特別受阿德拉惡魔青睞，一是有魔力的人，二是毫無戰鬥能力的人。若抓準這兩點，應該能找到不錯的人選。

問題是還有那些麻煩的同行，這一回穆恩可不會讓他們礙事。泰歐斯多半也在全力追捕阿德拉惡魔，對方手上握有令魔花怪忌憚不已的炎劍，隊中又有擅長追蹤的弓手，且泰歐斯掌握的線索不比他們少，他想得到的計畫，泰歐斯也有可能想到。

手持炎劍的男人猶如一顆不定時炸彈，隨時都可能對他們造成威脅，更棘手的是，亞倫說不定會遭受波及，因此他不會讓那傢伙再次與亞倫對上。

穆恩望向酒館的方向，嘴角勾起一抹不易察覺的微笑。

他遲早會讓那些人後悔，並嘗嘗與他這個無良騎士作對會是什麼後果。

有了加克與阿德拉鎮的居民幫忙，穆恩和亞倫的計畫進行得相當順利。僅僅一個晚上，居民們就搬來好幾尊鎧甲魔像，不僅如此，他們還呼朋引伴，鼓動身邊的人加入尋找魔像的行列。

有魔紋師與魔像英雄在，多數居民都非常樂意幫忙，冒險者們的不滿澆不熄他們的熱情，即使缺乏戰鬥能力，這些居民仍膽大包天地趁冒險者們睡著時，摸走他們放在旁邊的鎧甲，拿去獻給魔紋師王子。

想當然耳，冒險者們氣壞了，可是他們無法找亞倫尋仇，自從展開復甦魔像的大業後，亞倫就再也沒踏出賽西羅宅邸過了。

他不分晝夜地描繪著魔像們身上的魔紋，甚至可以整整兩天不喝不睡，原本他還會在明亮寬廣的工作室中施展魔紋技藝，然而某次有個刺客潛入宅邸被魔像抓到後，他就乾脆移至只有一個出入口的地下室，過著足不出戶的生活。

他的執著與決心民眾都感受到了，整個城鎮的風氣也因此逐漸產生改變，只是把自己關在地下室的亞倫暫時無從得知。

如今的阿德拉鎮景色截然不同，以鎧甲為軀體的魔像騎士們踏著行軍般的步伐在街上巡邏，他們沉默寡言，目光永遠直視前方，乍看有些詭譎，居民們卻欣然接受。他們神采奕奕走在魔像身旁，彼此有說有笑，還會主動向魔像搭話，魔像們雖然始終保持沉默，但如果民眾有什麼需要，他們都會順手協助。

只要乖乖當個守法的好公民，魔像就不會主動攻擊人，更十分願意成為人們的幫手——阿德拉鎮的居民們深知這點，有的膽大的孩子甚至會爬到鎧甲魔像肩上，這些魔像也溫順地任孩子們在身上攀爬。

穆恩走在被魔像守護的街道上，雙手插在口袋裡，看似隨意地東張西望。他隨手攔下幾個人，往對方手裡塞了幾枚銅板，低語幾句，最後拍拍對方的肩膀。

民眾對他的態度也很友善，因爲他們知道穆恩是魔紋師身邊的騎士，也是追捕阿德拉惡魔行動的主要策劃者之一。人們看待他的目光讓穆恩感覺相當新鮮，畢竟過去他鮮少得到他人的敬重。

他返回賽西羅的宅邸，守衛們見到他便立刻拉開前院大門恭迎，兩隻老鷹則追在他身後，用爪子勾著他想找他玩，卻被穆恩煩躁地推開。

他目標明確，一步也沒有停頓，直接來到了地下室入口。

兩名持劍的鎧甲魔像站在入口兩側，猶如沒有生命一般動也不動，就這麼放他走了進去。

穆恩走下樓梯，擋在樓梯正下方的魔像同樣自動讓了路。

不算寬廣的地下室裡擺放著各式各樣的魔像，牆上的火把照亮魔像們的側臉，氣氛略顯詭譎。大部分的魔像皆是鎧甲，他們沉默地站在角落或躺在地上，靜靜等待著復甦。

地下室中央有一個大木桶，穆恩一眼就瞧見一隻手從木桶邊緣垂下來，手上還緊緊握著畫筆。

金髮的王子殿下趴在木桶邊緣，雙眸緊閉，看似睡著了。他坐在裝滿水的木桶中，只著單薄的白襯衫和長褲，被水浸溼的襯衫貼附在身上，勾勒出身體曲線，也令白皙的肌膚若隱若現，直到穆恩走近木桶，亞倫依舊沒有醒來。

這裡除了魔像與穆恩以外，任何人都進不來，因此亞倫才能放心地入睡。自從踏進不見天日的地下室後，亞倫就做足了準備，他不給那些冒險者任何逮到他的機會，在這個戒備森嚴的地方躲得好好的，儼然最終大魔王似的。

明明不必這麼做的。

穆恩凝視著亞倫的臉龐，此刻的王子殿下猶如一個美麗的人偶，安穩地熟睡著。穆恩從未見過像亞倫這般漂亮的人，無論是亞倫的外貌、儀態，或是所擁有的一切，全都像寶石一樣熠熠生輝，使穆恩移不開視線。

他不自覺地伸出手，輕輕碰觸王子殿下的臉頰。

儘管他的動作十分輕柔，仍是弄醒了亞倫。王子殿下微微顫了下，睜開雙眸。

「我……睡了多久？」亞倫打了個呵欠，習慣性地瞧瞧四周。他本想確認現在是白天還是黑夜，然而在地下是見不到晝夜變化的。

「天曉得？你一條荊棘都沒長，八成才睡了十分鐘吧。」穆恩沒好氣地說。「整天待在這種死氣沉沉的地方，你不瘋我都要瘋了，眞虧你還睡得著。」

光是眼下在密閉的黑暗場所被毫無生氣的鎧甲們環繞，穆恩就渾身惡寒，亞倫居然能待上一個禮拜，他眞心感到佩服。

「我以前還在屍體旁邊替魔像畫過魔紋呢，這沒什麼。」

穆恩頓時眼神死了。

「你不要露出這種眼神嘛，這對魔紋師來說很正常。」亞倫撐起身，很自動地抓著穆恩一腳踏出木桶。

「你又打算繼續畫？憑你一個人喚醒不了整座城鎮的魔像的。」見亞倫衣服才剛穿好，便又走向某一尊魔像，穆恩忍不住說道。他雙手環胸，眞心覺得這位王子殿下實在太理想主義。

亞倫應該明白憑一己之力是無法復活哥雷姆國的所有魔像的，他不可能拯救所有人。

「你不好奇外面變成什麼樣子了嗎？有我還有那些魔像在，還用怕其他冒險者找你麻煩？」

「你這是在關心我嗎？」亞倫回過頭，接著故作羞澀地別開目光。「你平時不會說這種話的，難道是看了我出浴的樣子，所以——」

「你再說一句，我就把你交給我同行！」穆恩惡狠狠地威脅，雖然這對亞倫毫無作用。「我只是搞不懂你，你不是一直很想來阿德拉鎭嗎？現在加克也甦醒了，你卻成天待在這畫魔像。」

「因爲我擔心阿德拉惡魔，還有這裡的居民。」亞倫苦笑著說。「那個阿德拉惡魔……出乎意料的強大，而且她還可以變得更強。再這樣下去，你覺得她會變成怎樣的存在？」

穆恩沒有回答，但他們心裡都想到了同一個人。

「我不會允許那種事發生，穆恩。」亞倫收起戲謔的態度，語氣平靜而堅定。「厄密斯至少還保有理智，可阿德拉惡魔不是。若眞的到了那個地步……後果不堪設想，所以我願意忍受關在這裡。」

亞倫再度走回魔像前方，重新執起他的畫筆，筆尖的紅色顏料蓋過魔像身上斑駁的紅色線條，賦予魔像嶄新的生命。

「反正即使我不出門，你跟加克也會過來告訴我外面的情況不是嗎？這樣就夠了。」就某方面而言，亞倫認爲自己現在的情況比從前好多了。「至少我明白自己想出去就能出去，不像以前，就算再怎麼想出去，病弱的身體也不允許我這麼做。」

說到這裡，亞倫更加覺得現狀沒什麼不好了。他停下動作，對穆恩展顏一笑。「而且你都說了，有你在，我沒什麼好怕的。既然如此，我還有什麼好不滿的呢？想出去隨時可以出去，又有你會陪伴在我身邊。」

穆恩想起之前加克對他說過的話。

他原本始終不懂爲何亞倫這樣的天之驕子會如此中意他，然而仔細想想，原因其實很簡單。

王子殿下不缺忠心耿耿的騎士，也不缺強大的夥伴，他缺乏的不過是些一般孩子都有的東西。他在穆恩身上看到了這些東西，所以他嚮往著穆恩，也渴望穆恩把這些他不曾擁有過的東西分享給他。

「你放心，很快就會結束的。到時候無論你想去哪裡都沒問題，也有一堆人能陪你玩。」穆恩拍拍他的頭。「我們的計畫準備得差不多了，阿德拉惡魔已經是甕中之鱉，沒多少地方可躲了。」

「眞是可靠，那就拜託你們了。」亞倫揪住穆恩的袖口，語氣透著一絲期待：「等你們要抓阿德拉惡魔時記得叫上我，這次我保證不會輕舉妄動，讓我在旁邊看好不好？我親愛的騎士。」

「如果你不要用那麼噁心的稱呼喊我，我可以考慮一下。」話雖這麼說，事實上穆恩早就決定了，到時候他會帶上亞倫。

只是要創造一個能使亞倫安心的環境，還需要一些前置作業。

「你呢，就像個奴隸一樣繼續待在陰冷的地下室工作，我還有點事，先走了。等時機到了，我會再過來。」

「時機沒到你也能過來啊，你忍心讓我一個人待在這承受寂寞嗎……」亞倫故作委屈地勾住穆恩的手臂，卻被穆恩嫌棄地拍開。

騎士一邊咒罵一邊上了樓，望著穆恩離去的背影，亞倫臉上帶著笑容，感覺充滿了幹勁。他相信穆恩與加克會處理好所有事情，於是放心地重新忙碌起來。

穆恩也相信自己辦得到，所以當他返回一樓後，立刻停下腳步。

「如何？」他雙手抱胸，以調侃的語氣詢問剛從窗戶翻進來的艾爾艾特。

艾爾艾特點點頭。

穆恩的嘴角勾起一抹不懷好意的笑，他邁開步伐，用眼神示意小木偶跟上。

「走吧，好戲上場了。」

✢

從以前開始，泰歐斯就十分討厭穆恩。而他萬萬沒有想到，自己會在哥雷姆國遇見穆恩。

早在第一次與穆恩相遇之前，他就聽說過許多關於穆恩的傳聞，例如才剛成爲冒險者，初次接任務就達成了獨自殺死魔物首領的成就。穆恩出類拔萃的劍術與自命不凡的態度令人留下深刻印象，但泰歐斯喜歡當個謙遜的好人，因此對穆恩極爲不欣賞，偏偏穆恩身旁總是圍繞著希望與他組隊、或是仰慕他的冒險者們。

不僅如此，泰歐斯還聽說，穆恩其實是某個大國的伯爵的騎士，外貌不差的他深受貴族女士愛慕，更有不少達官貴人賞識，在成爲冒險者前完全是人生勝利組。

然而穆恩卻拋棄了這一切，寧可成爲人人唾棄的逃兵，也要離開那個國家。

泰歐斯認爲，會選擇當冒險者的通常都是像他這樣生於偏鄉村落，缺乏出頭機會的平民，像穆恩這種人根本不用來與他們競爭。

所以他不甘，若連受過專業訓練的天之驕子都想和他們分一杯羹，那他們還有出人頭地的機會嗎？

童話故事中的英雄應該要出身平凡，且天性善良而謙遜，再怎樣都不能由素行不良的天之驕子擔任，故事不該是如此。

令他慶幸的是，穆恩很快就自食惡果了。

穆恩的個性太過囂張跋扈，又是利己主義者，凡事只考慮自身，爲了利益背叛同伴也在所不惜。於是幾次下來，人們對穆恩的好感急速下降，這名騎士從前途光明的優秀冒險者，轉瞬淪爲人人敬而遠之的惡徒。

看著冒險者們聚在一起咒罵穆恩，泰歐斯內心總算舒坦了。他知道這個世界終究還是邪不勝正的。

可是與穆恩在哥雷姆國重逢後，他的價值觀再次遭受動搖。

那個討厭的男人不僅口出狂言，還硬是給眾人下馬威，不准任何人跟他們爭奪阿德拉惡魔。

不僅如此，穆恩身旁居然有一位如王子般俊美優雅的隊友，且這個隊友並非普通人，而是傳說中能操控魔像的魔紋師，更是個邪教徒。

泰歐斯原本就不是很喜歡哥雷姆國，這裡動不動就能見到邪門的魔像之神雕像，信徒一個比一個盲目，更別提阿德拉鎮的信眾了，成天扯些怪力亂神的事。

許多冒險者跟他一樣看不順眼那些邪門的信徒，當他得知亞倫是魔紋師後，再度確信了自己的看法沒有錯。會跟穆恩混在一起的傢伙肯定不是什麼好東西，穆恩這個人已經墮落了，爲了金錢，即使把自己的靈魂出賣給魔神也無所謂。於是，泰歐斯將自己與隊友被這兩人聯手坑了一把的經歷對同行說得繪聲繪影，見其他冒險者群起激憤，他頓時更加認為自己是正確的。

「妳聽說了嗎？昨天鎮上來了一個新的冒險者隊伍，隊裡的祭司不懂這裡的規矩，小販不過向他推薦一下霍普大人的護身符，他就在那邊大驚小怪地說要驅魔。妳猜結果怎麼樣？」

「啊，我知道。正好有路過的魔像看到了，把他痛揍一頓關進了牢裡，簡直活該。」

「對對，聽說還好死不死被分配到西區那座最荒涼狹小的地牢，哈哈哈，那個隊伍的人好像急得都快哭了，但他們就是打不過魔像呀，只能眼睜睜看著隊友被關起來。」

「誰叫鬧區的地牢都滿了呢？妳看吧，我早說了冒險者都是些手腳不乾淨的傢伙，現在總算清淨多了。」

泰歐斯走在路上，無意間聽見擦身而過的婦女們手提菜籃，七嘴八舌地笑著討論令人不快的話題。

自從魔像重新出現在這個城鎮後，民眾對他們冒險者越發無禮，旅店老闆常為了點小事刁難他們，有的小販甚至一見是客人是冒險者就把對方趕走。這裡的居民全被亞倫影響了，那個男人仗著自己魔紋師的身分妖言惑眾，煽動盲從的老百姓們為自己賣命，還卑鄙地躲在豪宅地下室，不讓任何外人有接近他的機會。

所有違反他們口中的「法律」的人，統統會被魔像抓走，魔像是不近人情的，對這些腦袋死板的魔法生物來說，他們只曉得犯法就要接受懲罰。至今已經有許多冒險者被抓進地牢，在壓根不需要休息的魔像監視下，他們毫無逃走的機會，只能悲慘地待在冰冷的牢房裡。

「泰歐斯……」忽然，他的隊友拉住他的衣袖，顯得欲言又止。

泰歐斯看向大病初癒的祭司茉莉。被阿德拉惡魔咬了一口後，茉莉的魔力將近見底，幾乎去了半條命，偏偏這裡是異教徒之國，除了茉莉以外找不到其他擁有治療能力的祭司。可憐的她只能躺在床上休養，如今好不容易才恢復到可以下床走動的程度。

「茉莉，妳是想說那個祭司有危險嗎？」蜜安代替茉莉講出她心中可能的想法。「阿德拉惡魔喜歡魔力充沛的人，那個祭司確實頗有機會被盯上，可是地牢有魔像在看守，不會有危險的吧？」

「妳說的不太對，我猜茉莉是希望我們能救出那個人，一方面警告新來的冒險者要小心，一方面還能請對方爲妳治療對吧？」泰歐斯摸摸茉莉的頭，語氣溫和：「這確實是個好主意，妳不必覺得不好意思，我們同行本來就該互相關照。」

「就是說，誰像那個邪惡魔紋師跟沒品騎士！」蜜安想到亞倫和穆恩就氣得不得了，她好心將情報分享給亞倫，結果反倒助紂爲虐，還被魔像老鷹抓上高空，把她嚇了個半死。

「有我們三個，再加上那個隊伍的其他成員，照理說不至於連個魔像都打不過。」泰歐斯仔細思考著可行性。「況且他們說那個祭司是被分配到荒涼的西區地牢，附近巡邏的魔像應該不會太多。」

「那有什麼好怕的了?茉莉妳等著,我們這就把那個祭司救出來!」蜜安拍了拍胸脯,一派爽朗地笑著要自家隊友安心。

被這個笑容所鼓勵,茉莉也露出靦腆的微笑點點頭。

他們很快打聽到西區地牢的位置,如那些婦人所說,這地方的確荒涼,魔像們大多集中在鬧區。

「阿泰,他眞的是被抓到這裡嗎?感覺怪怪的。」眼看人煙越來越稀少,茉莉開始不安起來,她總覺得阿德拉惡魔隨時會跳出來。

泰歐斯皺著眉頭,他也有些懷疑,可魔像只會依指令行動,他們有一套固定的巡邏路線與行為模式,再加上最近酒館裡的冒險者明顯減少了,不少人確實都被困在地牢裡。

「阿泰!你看那裡!」視力極佳的蜜安突然指向前方,一馬當先衝了出去。

她蹲到地上,臉色變得慘白,待泰歐斯與茉莉趕至她身邊後,表情也跟著凝重起來。

地上有一灘乾涸的血液,血跡一路延伸到前方的建築物內,正是他們要找的地牢。

「怎麼回事?不是有魔像看守嗎?」

泰歐斯示意兩名少女退到他身後,而他滿心警戒地一步步前進,最終在地牢入口看見一具躺倒在地上的鎧甲。血跡繼續向前延伸,沒入黑暗的階梯下方,這讓他大感不妙。

「怎麼回事？阿德拉惡魔找上門了嗎？」蜜安大驚失色。她想起之前阿德拉惡魔跟兩隻魔像老鷹纏鬥時，老鷹還落了下風。「阿泰，我必須去看看。」

身爲一名弓手，蜜安很習慣爲隊伍探路，她迅速點燃備用的火把，小心翼翼地走下階梯。泰歐斯讓茉莉跟上，自己則待在隊伍最後方，警戒著周遭。

他們就這樣來到了階梯最底層，當蜜安舉著火把照向地牢內部時，頓時驚呼一聲。一名身披白袍的男子臉部朝地倒臥在牢房裡，鮮血浸溼了他的白袍，在地上積聚出一灘血泊。若眞的流失這麼多血，肯定早就死了。

「可惡，被那個惡魔搶先了一步！」

三人趕忙跑到屍體旁邊，神情一個比一個還難看。兩位女性都不太敢動手，這名男子的傷勢恐怕非常重，說不定連腸子都被掏出來了，於是隊長泰歐斯主動攬下了任務。

他蹲下身子，打算把人翻到正面，觀察傷勢，當他的手碰觸屍體的肩膀時，一隻手卻猛然抓住了他的手腕。

在火光的照耀下，泰歐斯驚見屍體抬起頭，目露凶光盯著他。

不用說，那隻手正是白袍男子的。他奮力將泰歐斯摔在地上，還狠狠補上一腳，將泰歐斯踢飛到角落。

「阿泰！」茉莉嚇得花容失色，她拔腿奔向泰歐斯，蜜安則是當機立斷對白袍男子舉起弓，然而她才剛搭上箭矢，腳下冷不防飛出一把匕首，瞬間砍斷了她的弓弦。

「什——」她大驚失色，還沒反應過來，牢房大門便重重關上，白袍男子站在牢門外，嘴角勾起充滿惡意的弧度。

男子一把扯下身上的染血白袍，哈哈大笑。

「沒想到事情進行得這麼順利，虧我還期待有一場驚心動魄的戰鬥呢。」穆恩一手插在腰間，一手放在劍柄上，語氣嘲諷。他望向在茉莉的攙扶下緩緩起身的泰歐斯，欣賞對方憤怒得扭曲的臉孔。

「穆、恩！」泰歐斯咬牙切齒地瞪著黑心騎士，氣到快吐血。他就知道事情沒有這麼單純！「你瘋了嗎！」

穆恩趾高氣昂站在他們面前，左邊是持著匕首的木偶艾爾艾特，右邊是方才在地牢入口裝死的魔像。魔像早在聽見泰歐斯一行人走下樓時，就偷偷從地上爬了起來，剛剛牢房鐵門也是他幫忙關上的。

「我沒瘋，要不是你們這麼礙眼，我需要做到這種地步？」看著三人擠在欄杆前，一副恨不得殺了他的樣子，穆恩心情相當好。「你們也太慢了，這身豬血快把我薰死了。」

爲了裝死，他特地請鎮上的屠夫宰殺牲畜時收集血液給他，可他不知道動物的血味這麼腥，一度還擔心泰歐斯他們會發覺這不是人血。

事實證明他想太多了，只有怪物能分辨出不同生物的血液，人類的嗅覺不夠敏銳，分不出來的。

他躺在這裡也不擔心阿德拉惡魔找上門，深知人血美味的她不可能看上腥臭的動物血。唯一可能被吸引過來的，就只有跟他一樣曉得怪物喜歡吸血的泰歐斯一行人。

所以穆恩買通了幾個居民，請她們在泰歐斯周遭閒言閒語，並讓艾爾艾特暗中觀察三人的動向。茉莉的狀況依然不佳，因此泰歐斯肯定會想找另一個祭司來替她治療。

而後穆恩又說服了地牢的守衛魔像，聲稱有個曾犯了誹謗和傷害罪的傢伙等等會來這裡，且當時的受害者還是他們的魔紋師，這麼一來，魔像就會乖乖配合了。

「你到底想幹什麼！該不會打算把我們冒險者統統獻祭給魔神吧？你這喪心病狂的混帳！」蜜安氣得渾身發抖，像穆恩這般惡劣的同行她還是第一次遇到。

「我想幹什麼？不就是把你們關進地牢嗎？你們把我的隊友逼得躲去地下室，所以我也把你們關在地牢，這不是很公平嗎？」穆恩好笑地說。「再說，那些被魔像抓去關的傢伙可都是自己找死。只要在魔像面前乖一點就不會被逮住了，是他們自己犯蠢。」

蜜安一時居然無法反駁。自從魔像重新出現在這座城鎮後，他們起初雖然十分忌憚，但很快就發現安分守法的話，魔像根本懶得理他們，被抓去關的人也是服刑期滿就會被釋放。這些魔像與他們印象中的魔像完全不同，絕不會主動攻擊人。

「你以為我不知道你做了什麼？」穆恩指向氣得牙癢癢的泰歐斯。「我的隊友都沒說你家祭司是邪魔歪道，你倒是先把邪教徒的帽子扣到他頭上了，害我們抓個怪物變得如此艱辛，你說我不關你要關誰呢？」

「你眞的瘋了，以前的你哪可能為隊友做到這種地步？」泰歐斯雙手握拳，力道大得令指節都泛白了。「能讓你做到這樣只有一個可能，那傢伙是你的雇主。所以你才刻意在大家面前演戲，企圖誤導我們以爲亞倫是個手無縛雞之力的凡人，甚至不惜把我們所有人關起來。」

「你把靈魂獻給那個魔神霍普了嗎？」茉莉的神情就好像天要塌了似的，她不敢相信居然有人會這麼做。

「我看是把肉體獻給那個魔紋師了吧！」蜜安氣呼呼地說。

聞言，穆恩忽然有了揍這些人的衝動。

他看起來像這麼沒節操嗎？亞倫花言巧語幾句就足以讓他把靈魂跟肉體都賣了？

「我早就猜到你總有一天會走上這條路。」泰歐斯冷冷地說，穆恩瞬間覺得自己眞的該衝進牢房開扁。走上什麼路說清楚啊！他才沒有獻身的癖好！

「你從以前就是個爲了自身利益什麼事都幹得出來的人，我早該在跟你組隊那時就把你解決掉，也算做一件好事。」

「連隻大蜘蛛都沒膽殺的人還敢說解決我？你敢說我還不敢聽。」

「……你不用再說了。大蜘蛛那件事，我們彼此心裡有數。」

穆恩快被泰歐斯氣死，人都被關進牢裡還不肯安分，因此他也不打算手下留情了。

「隨你怎麼說，我不想跟你廢話了，就直接告訴你我的目的吧。」穆恩面目猙獰地伸出手，生動展現了什麼叫壞人。「把你的劍交出來，否則我就把你的祭司帶走。」

「什——」

「你想對茉莉做什麼！」

在穆恩說出這番話的瞬間，牢房內炸開了鍋，茉莉嚇得快暈過去，蜜安則是憤怒地對他隔空揮拳。

泰歐斯緊緊抱著發抖的茉莉，他臉色都發青了，一個勁地狠瞪穆恩。

「你敢對茉莉出手，我絕不會放過你！」

穆恩的心有點累，怎麼人人都以爲他圖謀不軌？先前亞倫才調戲過他，現在又來一個把他當色魔的傢伙，雖然祭司少女確實是個美人胚子，然而在他看來完全比不上亞倫。他家王子殿下長得特別好看又會撩人，他幹麼要——

「你幹什麼？」見穆恩忽然大叫一聲，還用力敲了下自己的頭，泰歐斯一副天崩地裂的樣子。他們才該崩潰好嗎？

「沒事，什麼事都沒有！你們把我當成什麼了！我的意思是，如果這時候我把你們的祭司丟到空無一人的街道上，你們認爲會發生什麼事？」

聽了他的話，三人齊齊刷白了臉。

阿德拉惡魔，這是他們腦中第一個浮現的念頭。

如果茉莉獨自待在街上，肯定會被阿德拉惡魔給盯上，屆時只有等死的份。

「你這惡魔……」泰歐斯沒想到穆恩會冷血到這種地步，盯著穆恩的眼神彷彿在看怪物一般。

穆恩也十分清楚假使茉莉眞的被他這麼對待了，下場將會如何——加克早已命令所有魔像要是在路上遇見落單的老弱婦孺，便直接護送回家。

所以其實茉莉被他丟出去並不會怎樣，他身旁那尊鎧甲魔像會在第一時間把人送回住處。穆恩好不容易才說服這尊魔像陪他演戲，要眞把人丟到街上，魔像就會優先執行加克的命令，根本不會聽他的，不過管他的，反正這些人不曉得。

「你們不從也沒關係，這裡的魔像全是我的盟友，我就多叫幾個幫手來，把你的劍跟女人都搶走。」穆恩繼續睜眼說瞎話，他露出邪惡的笑容，整個人十分入戲。

「你！」

「快決定啊？你的考慮時間不多。」穆恩的笑聲迴盪在空蕩蕩的地牢內。「是要你的劍還是女人，給我選一個。」

他的眼角餘光瞥見艾爾艾特，而小木偶正盯著他。明明魔像沒有表情，他卻莫名能夠感覺到艾爾艾特露出了鄙視的眼神。

他假裝沒注意到艾爾艾特的目光，繼續激怒泰歐斯：「怎麼了？做不了決定？果然沒了那把劍，你什麼都不是。女人可以再找，但稀世好劍沒了，你就沒法再當個英雄了對吧？」

「你這無恥的傢伙！想要劍跟女人就光明正大跟我一決勝負，別耍這種陰招！」

穆恩白了他一眼。他就只想要那把劍，爲什麼要一直把他說得像色狼？眞正心術不正的傢伙還躲在地下室開心畫魔紋好嗎！

「誰要跟你一決勝負，既然能輕鬆取勝，爲何我要選擇一條比較艱辛的路？我才不在乎什麼公平和名譽。」穆恩從以前就看泰歐斯特別不順眼，這人不管做什麼事都要給自己安一個名正言順的理由，並讓大家看見自己的好，他才不屑做這種表面工夫。

「如果你來這個國家只是想要名利，那現在就給我滾出去。我的隊友跟你們不同，他一心想拯救哥雷姆國，之所以要逮住阿德拉惡魔，也是爲了找出滅國的線索。你們呢？你們的腦袋只想著殺怪物拿賞金吧？反正殺了夠多怪物、累積夠多事蹟可以說嘴後，就可以拍拍屁股走人，能不能拯救哥雷姆國反而是其次。像你們這種半調子的勇者憑什麼把他當成魔王討伐？我們來這裡可不是爲了寫故事，才沒閒工夫和你一樣隨時表現得像個正派英雄。」

泰歐斯居然被穆恩講得一時說不出話。

不該是這樣的。

像穆恩這樣的人，怎麼能如此理直氣壯？好像他們才是正義的一方似的。泰歐斯不能接受。

「你這種打從最初就前途光明的人哪懂我們的痛苦！你擁有天賦與賞識你的人，偏要拋棄一切來破壞我們的夢想！」

「前途光明？賞識我的人？」穆恩輕聲哼笑，下一秒神色一變，語氣凶狠起來：「那種東西，我一開始就沒有。你再不做出決定，別怪我心狠手辣！」

泰歐斯咬牙切齒瞪著他，最後僵硬地卸下自己的炎劍，扔給了穆恩。

「這就對了，我就知道你會這麼做。」穆恩將炎劍從劍鞘拔出一截，確認沒問題後，便立刻將劍入鞘，隨手交給艾爾艾特，看都不看一眼。

順利達成目的，他就這麼轉身走向階梯，讓身後三人都慌了。

「等等，劍都給你了，把我們放出去啊！」

「你這卑鄙小人！打算把我們關到什麼時候！」

穆恩停下腳步。

「這還用問？」穆恩回頭瞧了他們一眼，冷酷地回答：「當然是在我們抓到阿德拉惡魔之後。」

第七章

雖然炎劍拿來對付阿德拉惡魔相當有利，可是穆恩一點也不想用。不使用這把劍他們也能拿下那個怪物，他只想把劍丟得遠遠的，不過以防萬一，他還是得帶著。

離開地牢後，他馬上回到了賽西羅宅邸，當他踏入餐廳時，裡面已經聚集了一堆魔像與信徒。

穆恩望向在長型餐桌正對面的加克。此刻魔像騎士正攤開一張大地圖，對身旁的魔像與人類們交代計畫。「如何?今晚就能行動了吧?」

加克暫停說明，對穆恩點了點頭。「所需人手全數到齊，今晚勢必能逮捕阿德拉惡魔。」

加克另外組織了一支魔像巡邏隊，這些魔像日夜在城鎮各個角落搜尋著惡魔的蹤跡。阿德拉惡魔極其狡猾，她明白魔像身上沒有她要的東西，所以一看見魔像就跑得遠遠的，然而他們也藉由這點一路把她驅趕到了某個區域。雖然無法肯定惡魔的確切位置，但巡邏隊的魔像們已經封鎖了該區，對方逃走的可能性不高。

「那就好。」穆恩來到加克身旁，瞧了瞧那張地圖。不愧是從過軍的魔像，地圖上明確標示出了魔像們的位置，以及封鎖區域的範圍。

「今晚就交給你了，沒問題吧?」穆恩拍拍一位少年的肩膀，嚇了少年一大跳。

「可、可以，沒問題！」少年正是當初在教堂裡說自己跟朋友們一起對付過阿德拉惡魔的年輕信徒。

穆恩在物色誘餌人選時，曾問過亞倫能否分辨出哪個普通人的魔力量比較多，那時亞倫毫不猶豫地指向少年，說少年體內的魔力比常人多上一點，很適合施展魔法或成為魔紋師。

所謂初生之犢不畏虎，少年得知自己是合適人選後，便自告奮勇攬下了擔任誘餌的任務。只不過如今即將上場，少年卻反而緊張起來了，因為在計畫裡，他必須一個人走在街上。

「放心，你們的魔像英雄動作可快了，他會在惡魔撲向你之前先把她擋下的。」

一個禮拜下來，穆恩已經被迫跟加克練過幾次劍，他能看清楚加克的動作，可是自己的動作根本跟不上。魔像騎士的速度實在太快，不僅出招精準俐落，還擁有無窮怪力，穆恩只對練一次就直接向亞倫坦承自己不可能贏過加克。

「穆恩閣下，你可以叫亞倫出來了，我們等等就要啟程去封鎖區。」加克叮嚀完穆恩，眼尖地發現穆恩的腰間多了一把劍。「你怎麼多了一把劍？」

「哦，這把啊。」穆恩拍拍炎劍，隨口回應：「沒什麼，備用的。」

他朝地下室走去，再次來到了亞倫身邊。此時亞倫正好剛復甦完一尊魔像，鎧甲魔像僵硬地晃動自己的身軀，與亞倫一同望向穆恩。

穆恩朝王子殿下招了招手。「走了，人數已夠，跟我出去抓怪。」

亞倫瞬間綻開笑容，雀躍地走了過來，但他才剛邁出幾步便停下，表情變得有些詭異。

「怎麼了？」

「你身上怎麼有豬血的味道？」

「你不說我都要以爲你改行當屠夫了，結束後你一定要去洗個澡，我可以幫你在浴盆撒些花瓣——」

「你別以爲我不曉得你要灑什麼花瓣！我才不要渾身上下都是你的味道！」

當穆恩吐出這句話時，他們剛好踏入大廳，原本討論得熱烈的眾人頓時安靜下來。

察覺到其他人的目光，穆恩這才發現他們走回大廳了，魔像們個個面無表情，看似內心毫無波動，然而人類們可就不同了。他們盯著穆恩的眼神驚恐得好像穆恩爬到了霍普身上一樣，穆恩一個狠瞪，居民們才紛紛扭過頭，裝作什麼都沒聽見。

「亞倫，已經準備好了。」加克盡責地向王子殿下稟報，當他越過穆恩身邊時，還瞄了穆恩一眼。即使沒有眼睛，穆恩卻敢肯定加克想必是用譴責的目光在看他。

他曾經覺得魔像很難懂，但這段時間相處下來，他越來越能理解這些沒表情的傢伙到底在想什麼了，魔像是不會說謊與隱藏自身情緒的。

關於追捕阿德拉惡魔一事，亞倫幾乎全權交給了加克主導，因爲他明白召集人手這個任務加克能做得比他跟穆恩都還要好。

而穆恩則是最了解如何對付怪物的人，肯定能在追捕這方面幫上加克，事實上也是如此。穆恩很清楚阿德拉惡魔的習性，有了他的建議，加克派出的魔像們才能迅速發現怪物的蹤跡，並順利把對方趕到不會影響民眾的區域。

加克輕聲向亞倫報告了幾句，在理解情況後，亞倫看向眾人，露出迷人的微笑。

「謝謝大家的協助，雖然因爲一些不速之客的關係，我只能待在地下室，可是你們的努力我都聽我的騎士們說過了。你們不畏艱難，穿梭在阿德拉鎮的大街小巷中，將一具具魔像子民搬運回來，而我們的魔像朋友們也成功把阿德拉惡魔逼至死角，如今只差一步就能拿下她。」他的語氣彷彿有種安撫人心的魔力，溫和平穩，帶著讓人想付出信任的自信。「今夜過後，我們就能徹底擺脫阿德拉惡魔帶來的恐懼，不倚靠任何外來者，而是憑藉我們自己，讓這座城鎮重新迎接曙光。」

信徒們情緒激昂地附和，而魔像們雖沉默不語，也都全神貫注地盯著亞倫，等待他下達指令。

不過下一步指令就是出發前往現場了，這事穆恩跟加克絕不會讓亞倫來做，天曉得由亞倫領軍他會把人領到哪去。

加克甦醒後，穆恩才知道亞倫的路痴天賦從小就發揮得相當精采，一學會走路就經常在城堡內上演失蹤記，明明已經找個人看著了，還是能走丟。要不是城堡裡有許多忠心耿耿的魔像可以幫忙留意，恐怕早就被人抱走了。

兩名騎士對於王子殿下的路痴心有戚戚焉，加克表示自己爲了防止年幼的殿下不見，都是直接抱著，這樣就不會亂跑了；而穆恩表示自己爲了防止怪物出去害人，都是直接牽著。

跟加克交流完經驗，穆恩只覺得心更累了。他以前最討厭嬌氣又需要人照顧的冒險者，結果偏偏被他遇到。

所幸在前往封鎖區的途中，亞倫都乖乖跟著，只是途中問起了泰歐斯一行人，他擔心那些人又來搗亂。

但穆恩隨即否定了這個可能。「放心，他們不會出現的。」

語畢，他笑著補上一句：「沒那個能耐出現在這裡。」

亞倫疑惑地瞧了他一眼，這才發現穆恩腰間多掛了一把劍。

「你什麼時候多了一把劍？」亞倫覺得這把劍看上去挺眼熟的，當他努力在腦內挖掘記憶時，穆恩隨口打發了他。

「你之後就會知道了，現在最重要的是找那個怪物。」他將王子殿下推向加克，自己則走到隊伍最前方。「先去找個地方躲起來。」

在他說完後，魔像們便整齊有序地散開來，各自前往自己的崗位，而加克一把將亞倫抱起，俐落地躍到了屋頂上。

不出幾分鐘，追捕大隊只剩下穆恩一人，以及自願當誘餌的少年。

「在場這麼多強大的怪物，你怕什麼？」穆恩笑著拍拍少年的肩膀，接著抽出自己的短刀，快速在少年的手臂上劃了一下。

由於來得太過突然，少年呼了一聲痛，搗著自己的手臂往旁邊跳開，難以置信地瞪著穆恩。

「看什麼？我當初就是這樣吸引怪物上鉤的。反正你們哥雷姆人外傷恢復得快，肯定不用多久就復原了。」穆恩聳聳肩，收起短刀。

少年氣壞了，他可是現在才得知這件事。「你這邪魔歪道，居然以血獻祭吸引怪物降臨！」

「半夜拜魔像的邪教徒沒資格說我。」穆恩將少年推向前，自己則在後面事不關己似的揮揮手。「交給你啦，大英雄。」

當少年回頭看去時，穆恩已經不見了。即便明白有許多隊友在暗中保護他，少年仍是相當緊張，先前他可是跟三五好友組團去打阿德拉惡魔，眼下徒留他一人面對，他能不緊張嗎？更何況穆恩還不准他帶武器。

「霍普保佑，如果這次能夠毫髮無傷活下來，以後就給您當祭司。」雖然哥雷姆國有薩滿這種能與魔像溝通的特殊職業，但還是有祭司的。想成爲哥雷姆祭司不必和薩滿一樣擁有特殊天賦，只需要一顆赤誠的心即可。

少年手持火把，緩步走在安靜無聲的街道上。這個區域早已荒廢百年，街道兩側皆被散發馥郁香氣的紅花荊棘攀附占據，一路延伸至黑暗盡頭。

走著走著，少年的腦袋驀地有些暈，兩條腿雖然穩穩踩在地上，他卻有種牆壁在蠕動的錯覺。

一陣陣微弱的聲響從四面八方傳來，仔細一聽就像指甲刮著牆壁的聲音，附近分明什麼也沒有，少年就是覺得整條街都不對勁。眼下他感覺不只是牆壁，連地面都在蠕動，詭譎的氛圍給他帶來極大的精神壓力，最後他乾脆不走了，抱頭蹲了下來，整個人瑟瑟發抖。

「這裡到底是怎麼回事？跟我認識的阿德拉鎮完全不一樣！」他說不上來是哪裡不對，只希望有誰能回應他一聲，來個魔像也好，讓他明白自己不是一個人。

一隻纖細的手溫柔地放到了他的手背上，憐愛地輕撫。

少年嚇了一大跳，他大叫一聲，跌坐在地。跟著摔落的火把一路滾到一雙染滿乾枯血液的靴子旁，少年渾身顫抖，視線沿著靴子緩緩往上抬起，見到一張慘白的面孔在對他微笑。

「給我……」對方的嗓音柔情似水，少年流著血的手臂被靴子的主人溫柔抬起。

「把你的全部，都給我。」

在明滅不定的火光中，少年看見一對血紅色雙眼。

在他的印象中，阿德拉惡魔是個蓬頭垢面、只會像瘋子般鬼吼鬼叫的怪物，然而眼前這名女性卻擁有一頭柔順的秀髮，五官如洋娃娃般精緻，紅唇鮮豔飽滿，相當美麗。

唯一能讓他辨認出阿德拉惡魔的，就只有那對在黑暗中散發淡淡紅光的眼睛。

阿德拉惡魔的笑容越發燦爛，她的神情帶著難以形容的狂熱，猶如飢渴多日終於看見綠洲那般。

下一刻，四面八方的荊棘瞬間彷彿化為一條全身帶刺的毒蛇，朝少年襲去。少年嚇得動彈不得，只能緊緊閉上雙眼。

「哈哈哈，終於來了啊！」

黑暗之中，穆恩豪爽的笑聲傳來，少年的眼睛睜開一條縫，一條在風中飄揚的紅色披風映入他的眼簾。

他陡然睜大雙眼，差點開心到撲上去抱住救命恩人的腳。「魔像英雄加克！」

「我早說了，這傢伙速度很快。」穆恩笑著拉起少年，讓他躲到其他趕過來的魔像身後。

眼看獵物被帶走，阿德拉惡魔發出憤怒的咆哮，低沉沙啞的非人吼聲響徹整條街，聽得少年腿都軟了。但很快，兩道比她更加刺耳的怪物尖嘯響起，兩隻魔像老鷹停佇在街邊房舍的屋頂上，對阿德拉惡魔展開巨大的翅膀，似乎下一秒就會衝下去啄她。他們最厭惡這種亂七八糟的怪物在他們的地盤上亂來。

周遭的荊棘統統活了起來，不惜一切地往少年身上撲，然而追捕阿德拉惡魔的隊伍並不是省油的燈，魔像騎士們緊緊圍繞著少年，飛快地將荊棘全數砍斷，穆恩與加克則負責對付惡魔。在騎士們猛烈的攻勢下，阿德拉惡魔完全無法接近少年，且她越是焦急越是露出破綻，即使荊棘群魔亂舞，訓練有素的騎士們反而逐漸掌控了局面。

「不要怕。」一隻手按到少年的肩膀上，少年扭頭看去，亞倫不知何時帶著小木偶出現在了他身旁。魔紋師對他露出令人安心的微笑，溫聲說道：「會怕的話就閉上眼睛，不會有事的，我向你保證。」

少年吞了口口水，他明白這麼做很危險，可是他被眼前的場景嚇得都要站不穩了，如果能眼不見為淨他當然想，因此亞倫的提議大大安撫了他。

他決定相信亞倫，緩緩閉上了雙眼。

在少年闔眼的瞬間，無數荊棘破土而出，在少年身周形成一座荊棘牢籠，直接擋下那些外來的荊棘。

亞倫與少年一同待在牢籠中，他朝阿德拉惡魔伸出手，用荊棘捲住惡魔的腳，把她釘在地上。

「她的魔力所剩不多了，給她致命一擊。」亞倫堅定地下達指示。雖說是致命一擊，不過他的意思是給阿德拉惡魔製造一個足以使她耗光魔力的傷勢。

阿德拉惡魔似乎也注意到了亞倫的指令，她憎恨地瞪了亞倫一眼，隨後轉身就跑。

「攔下她！」加克大喝一聲，兩隻老鷹立刻拍起翅膀，朝惡魔俯衝而去，將她撲倒在地。

惡魔拚盡全力掙扎，發出撕裂喉嚨般的怒吼，依舊無法阻止騎士們的攻勢。加克在她身後低語一句「抱歉了」，接著一劍戳進她的腹部。

阿德拉惡魔發出淒厲的慘叫，在加克抽出劍時，所有荊棘軟軟地垂到了地上。

「如何？」眼看安全了，亞倫令荊棘牢籠開了個縫隙，以便自己鑽出去。阿德拉惡魔摀著重傷的腹部，雖然鮮血淋漓，但血噴了一會就不再流出了，猙獰的傷口以肉眼可見的速度癒合。

「要是有強制她沉睡的方法就好了。」亞倫嘆了口氣，他也不希望用如此殘暴的方式對待自己的子民，可除此之外別無他法。「趁現在打暈她，把她帶回去吧。」

加克點點頭，他伸手靠近阿德拉惡魔的後頸，然後一個手刀落下，在即將碰觸到阿德拉惡魔之際，手卻硬生生停住了。

一旁的穆恩瞪大眼睛。

「喂，你下了令又阻止人家是在演哪齣？」他瞪著纏繞在加克手上的荊棘，正是這玩意兒在最後一刻捲住了魔像的手。

「什麼？」亞倫愣了愣，跟著望向加克的手。「我什麼都沒做啊，怎麼——」

他還來不及把話說完，兩條如巨蟒般粗壯的荊棘便竄土而出，捲起了穆恩與加克，將他們狠狠甩出去。

「穆恩！加克！」亞倫嚇了一大跳，他反射性奔向兩人，但才剛邁開步伐就發現自己動彈不得。

原因很簡單，有個人抓住了他的手。

「別接近他們。」一道陰沉的嗓音在他身後幽幽響起。

亞倫睜大雙眼，臉色變得慘白，他渾身僵硬地釘在原地，動都不敢動。

他看見在場所有人全都盯著他背後，神情一個比一個驚懼。

魔像們全被荊棘所束縛，少年與艾爾艾特則一同被關在荊棘牢籠。與阿德拉惡魔不同，這荊棘有粗有細，卻皆有一個共通點，那就是極其堅韌，彷彿不是植物的莖，而是鐵鍊。

穆恩與加克更是荊棘重點眷顧的對象，兩人被綑綁住全身，絲毫動彈不得，穆恩難以置信地瞪著亞倫後方，罕見地露出焦急慌亂的表情，並喊了亞倫的名字。

這個舉動似乎觸怒了王子殿下身後的那人，荊棘增加了纏縛穆恩的力道，令穆恩的神色痛苦起來。

「不准這樣叫他！這世上就你最沒資格喊他的名字！」

眼看穆恩都快被勒死了，亞倫再也顧不得恐懼，趕忙回過頭阻止那抓住他的人。

「求求你住手，你要我做什麼都可以，快放開他！」

百年過去，那個人的模樣仍與亞倫印象中如出一轍。他穿著一襲藍色法袍，擁有一對寶石般美麗的紅瞳，髮絲烏黑，面容雖俊美萬分，眼神卻無比冷酷。

不過，此刻魔法師厄密斯的表情與其說是冰冷，不如說是憤怒更為恰當。

「你還為他說話？你根本不知道那傢伙的可怕！不只是他，還有那個魔像，他們全都該死！你不能繼續待在他們身邊了，跟我走。」厄密斯拉著亞倫，他們腳下的地面開始崩裂，亞倫完全不明白厄密斯的話，但他猜得到等等會發生什麼事，整個人頓時慌了。

「不要，你放開我！」亞倫最害怕的事發生了，他驚恐不已地使勁掙扎，無奈厄密斯不給他逃走的機會。

「救我，加克，穆恩，救救我！」亞倫崩潰地朝兩名騎士伸出手，嗓音染上了一絲哭腔。騎士們誰不想救他？可他們掙脫不了荊棘。穆恩掙扎到手臂都出血了，卻仍無法脫身，只能眼睜睜看著亞倫被帶走。

「亞倫！」

「殿下！」

亞倫被厄密斯緊緊抓著，落進深不見底的黑洞裡。

在最後一刻，他瞧見艾爾艾特奮力鑽出荊棘，跳了下來抱住他的大腿，陪他一同墜落至無盡的黑暗。

+

如果要問亞倫內心最大的噩夢是什麼，恐怕就是這位魔法師。

魔法師厄密斯以一人之力毀滅哥雷姆國，還將他塞進水晶棺，他能不怕嗎？亞倫還記得在滅國之際，魔法師對他說了一些話，然而他什麼都不記得了。

現在想想，恐怕都是威脅他的話，由於他們沒遵守約定，所以魔法師生氣了，連他也不想要了——照理說該是這樣的，可是當亞倫從棺木中甦醒後，卻越來越不懂厄密斯究竟想要什麼。

他被厄密斯使用轉移魔法帶到了森林裡，不只是他，艾爾艾特跟阿德拉惡魔也被拉了過來。他跌坐在地上後，爬到角落瑟縮著，滿心恐懼地盯著厄密斯，艾爾艾特則跳到他前方，舉起匕首橫在胸前。若厄密斯膽敢攻擊亞倫，他就算被徹底摧毀也要保護好他的魔紋師。

不過這會厄密斯的注意力不在亞倫身上，他正打量著被荊棘纏身、拚命朝他咆哮的阿德拉惡魔，神情變得更加陰沉。

「沒用的東西，這種程度就失去理智。」他掐住阿德拉惡魔的咽喉，不顧對方淒厲地慘叫，從懷中掏出了一個裝著藍色液體的瓶子，單手彈開瓶蓋，將液體灌進惡魔的嘴裡。

惡魔痛苦地扭動，無奈厄密斯的手死死抓著她不放，強迫她閉上嘴吞下去。

亞倫驚愕地目睹阿德拉惡魔在吞下液體後，整個人逐漸癱軟下來，當捆住她的荊棘竄回土裡時，阿德拉惡魔也倒在地上，看起來就像死了一般。

厄密斯走向亞倫，艾爾艾特馬上朝他撲過去，可惜小木偶當然不是魔法師的對手，厄密斯輕易就抓住艾爾艾特的手臂，把他拎了起來。

「什麼東西？爲什麼我從沒見過你？」厄密斯神色不善地瞪著小木偶。

見厄密斯一副準備把艾爾艾特解體的樣子，亞倫嚇得心都涼了。「不、不要對他出手——」

「罷了，反正你也瞞不過我。在薩滿面前，你們沒有任何祕密可言。」厄密斯冷冷拋下這句話，下一秒，艾爾艾特僵在原地，厄密斯眼瞳中的光彩也黯淡下來。

亞倫慌張不已，他曉得厄密斯肯定是入侵了艾爾艾特的心靈。他擔心魔法師會一舉摧毀艾爾艾特的心，正考慮用荊棘攻擊厄密斯時，魔法師開口了。

「居然是那個沒信用的國王製作的魔像？怪不得你會跟在他身邊。」

聞言，亞倫頓時呆愣在原地。

是……父王的魔像？

他的父王並不是魔紋師，不過也懂得一點繪製魔紋的技巧。畢竟魔紋是這個國家最重要的技術，許多貴族從小就必須學習，能否成爲魔紋師是其次，對這門技術一定得略知一二，他父王自然也不例外。

「就憑你那蠢指令能幹出什麼大事？你想代替國王保護亞倫嗎？別開玩笑了，你連穆恩與加克的邊都沾不上！」厄密斯怒喝一聲，荊棘竄土而出捲住了小木偶，亞倫嚇得趕忙拉住厄密斯的衣角。他強壓下對魔法師的恐懼，跪坐在地上淚眼婆娑看著對方。

「你要我做什麼都可以……放、放過大家，求你。」

「放過哪些人？艾爾艾特？加克？還是穆恩？」說到穆恩的名字時，厄密斯加重了語氣，毫不掩飾他對這個人的恨意。

亞倫不明白爲何厄密斯如此痛恨素未謀面的穆恩，不過他仍是點點頭，卑微地懇求他的恩人兼仇人：「不只他們，還有整個哥雷姆國。這一次我會乖乖跟你走，也不會再逃跑了，所以……請你……」

厄密斯深深凝視著王子殿下蔚藍的雙眼，緩緩伸出手，將掌心貼到了亞倫的臉頰上。

「還記得在你沉睡之前，我對你說了什麼嗎？」

亞倫一怔，有些膽怯地搖了搖頭。

魔法師蹲下身子，神情認眞地與他四目相接。

「不要怕我，亞倫。」

出乎意料的答案讓亞倫微微睜大雙眼。

「這個世界上，只有我絕對不會傷害你。」厄密斯的每一句話都充滿了堅定。「你不必怕我……我才是你唯一能信任的人。」

「可是……你……」

「我的所作所爲很過分，是嗎？」厄密斯眼神黯淡。「我不知道該如何向你解釋，但你要了解，我所做的一切都是爲了你。」

亞倫越發困惑了。他想要詢問更多，厄密斯卻不讓他繼續追問。

「所以聽我的，別再接近穆恩與加克了，尤其是穆恩。」厄密斯按住亞倫的肩膀，嚴肅無比地警告。「那個男人會殺了你，奪走你的一切。你會後悔的。」

雖然穆恩的品行本來就不好，但亞倫不認爲穆恩有惡劣到這種地步。他跟穆恩已經相處了一段時日，對這位騎士的本性有一定的認識。

「穆恩不是那種人。」亞倫試圖打消厄密斯的疑慮。「他對我很好，一路上也相當照顧我。剛才你也看到了，穆恩拚了命想救我。」

「那是假象，他一定會殺了你，一定會，不可能有例外！」魔法師越說越激動，表情又變得陰狠。「他是個披著人皮的怪物！你別被他騙了，像他那樣的人渣不可能會放過你的！」

看著亞倫迷惑不解又略顯害怕的模樣，魔法師頓時一陣心寒。他站起身，露出心灰意冷的表情。

「算了，我的話你肯定難以認同，畢竟對你來說，我才是那個奪走你的一切的人……」

「究竟發生了什麼事？」亞倫覺得情況撲朔迷離，厄密斯說的話他一句也聽不懂。毀滅他的國家、強迫他陷入漫長的沉睡，如果這叫對他好，那亞倫寧願厄密斯一開始就殺了他。

「我很難向你解釋。」厄密斯搖了搖頭。「相信我，我不會害你，亞倫。現在不是你該醒來的時候，讓你的意識回到本體去。」

「回到本體去？」亞倫聽不下去了。他跌跌撞撞地站起來，鼓起勇氣對上厄密斯的雙眼。「與其把我重新關回那座棺木，你不如在這裡殺了我。我是這個國家的王子，只要哥雷姆國有一絲復甦的可能，我就絕不會坐以待斃，哪怕是要與你為敵。」

聞言，厄密斯靜靜回望著亞倫。

「打從剛才開始你就在自說自話，口口聲聲說是為我好，卻什麼也不解釋。百年前你也是這樣，不跟你走就直接毀了哥雷姆國。你什麼都不願意說明，我又怎麼可能相信你……」

「因爲不可能有人相信。」厄密斯堅決地表示。「我試過了，但是沒有一個人相信。就像我告訴你穆恩會殺了你，你也不肯相信一樣，誰也不信我說的話是眞的。」

亞倫覺得自己根本無法跟這個人溝通，厄密斯始終如此，不說要帶走他的原因、不說毀了哥雷姆國的原因，直到如今依然是。

厄密斯見狀，輕聲嘆了口氣。

他的手伸向亞倫，亞倫想躲開，心底卻害怕自己若反抗了會發生什麼事，所以只能微微縮起肩膀，任憑厄密斯的手放到他的頭上，輕撫他的金髮。

「亞倫，聽我的，我不會害你。」厄密斯的聲音溫柔得令亞倫懷疑自己聽錯了。

厄密斯深深凝視著亞倫。「我一定會給你一個幸福快樂的結局，只是不是現在。「你可以一輩子恨我或者不原諒我，可是一定要相信我。」

「你眞的明白我想要的是什麼嗎？」亞倫悲傷地問。

見厄密斯點點頭，亞倫更加難過了。

他感覺十分痛苦，當年父王爲了他好，所以沒告訴他厄密斯的條件，導致他在生日那天完全處於狀況外，魔像們更不幸因此陷入沉睡。眼下厄密斯也一樣，什麼都不願多說，只強調是爲了他好，要他離開穆恩回去那座棺木裡。

他身邊每個人似乎都替他安排好了結局，卻從不問他想不想要。

悲哀的是，目前他並沒有與厄密斯抗衡的能力，只能任憑對方擺布。

「亞倫？」厄密斯蹙起眉頭，他輕輕撫去亞倫眼角的淚珠，有點不知所措。「我不是故意要傷害你的，只是我不得不這麼做，別哭了。」

這句話完全無法安慰王子殿下，亞倫依舊無聲地哭泣著。

看著他這副模樣，魔法師再怎麼冷酷還是心軟了。他放緩了語氣，稍稍讓步。「如果你不想這麼快回去城堡，那就再待一下。但不能離開我。」

亞倫勉強點點頭，整個人仍是萎靡不振。

魔法師一揮手，荊棘放開了艾爾艾特，小木偶重獲自由後撲進亞倫懷裡，為他帶來些許安慰。

弄了半天，艾爾艾特居然是他父王的魔像。他雖然很想詢問艾爾艾特到底怎麼回事，然而此刻有厄密斯在，他不敢輕舉妄動。

厄密斯牽起亞倫的手，準備帶他離開，亞倫著急地望向躺在地上的阿德拉惡魔，他不清楚對方是死是活。

注意到他的目光，厄密斯冷冷地說：「她沒事，我壓制住她的力量了，除非她醒來後又去喝大量的血，否則短期內不可能再變成怪物。」

聽了這番話，亞倫終於確定了阿德拉惡魔變成怪物的原因，果然是因為血液。

他只能祈禱阿德拉惡魔醒來後，能自己找到辦法返回阿德拉鎮，現在他真的幫不了她。

亞倫任由厄密斯帶著他走在森林深處，一向能言善道的他一路上卻始終保持沉默。

再這樣下去，他就要重新關回那座棺材裡了，下一次醒來天曉得是什麼時候，他一定要找機會逃走。然而厄密斯是什麼人？他都能在廣大的哥雷姆國裡找到他了，怎麼可能再讓他逃掉。

亞倫這副悲傷的模樣令厄密斯相當介意，他還記得自己曾透過法術看見亞倫與穆恩坐在牛車上有說有笑的樣子。

「就這麼想回穆恩身邊嗎？」提起穆恩，厄密斯的語氣流露出強烈的不善。「不管他表面上再怎麼討人喜歡，最終還是會讓你失望的。他從小被人欺壓著長大，內心早已扭曲，即使是你也不可能改變他。」

「……你怎麼知道的？」

「假如你能變得跟我一樣強大，也會和我一樣知曉許多人類無緣知曉的事。」

「你能看見別人的過去與未來嗎？」亞倫怯怯地問。

厄密斯意味深長地注視他，並未回答這個問題。

「你之所以想帶我走，是不是想讓我變成跟你一樣？」

厄密斯依舊沒有應聲，亞倫不禁露出一絲苦笑。「你那麼強大，能將荊棘操控自如，而我只是個既弱小又不懂得控制力量的怪物，不可能變成跟你一樣的。」

「如果我教你控制呢？」厄密斯忽然反問。「如果你控制得好，我可以允許你暫時不用回棺木裡。」

「真的嗎？」亞倫彷彿看到了一線曙光，眼眸中流露出些許光彩。

見他這副模樣，厄密斯點點頭，緊繃的神色稍稍緩和。

「要是你不會在睡覺時隨便長個分身到處亂跑，我也能省事許多。」厄密斯放開亞倫的手，開始指導起來：「閉上眼睛，深吸一口氣，一邊吐氣一邊讓魔力慢慢在體內流動。」

亞倫闔上雙眼，遵循厄密斯的話專心感受體內的魔力。

「道理和繪製魔紋類似，當你繪製魔紋時，會將魔力注入至筆尖。現在，讓你的魔力集中到一朵魔花上。」

地面竄出一條帶著一顆花苞的荊棘，花苞以肉眼可見的速度迅速綻放，瑩白花朵在黑暗中閃爍光芒，但不一會兒，脆弱的花朵便原地炸開。

「再來，要慢一點，一點一滴將力量灌注到花上。」

亞倫深吸一口氣，重新開出一朵花，這次花苞開得慢了些，魔力從根部流淌到花莖，再往上擴散至整朵花。

「對，就是這樣。盡可能地把魔力都注入花朵中，不要散逸到其他地方。」

亞倫聽話地照做，起初每隔一小段時間花朵就會爆炸，不過幾次反覆下來，爆開間隔的時間越來越長。

「張嘴。」

在亞倫專心地練習將魔力灌注給花朵時，忽然聽見厄密斯這麼說。睜開雙眼，他看見魔法師的手指捏著一片藍色花瓣，遞到他嘴邊。

吃花是哥雷姆人的日常，尤其是對魔紋師而言。曾有研究魔花的學者指出多吃魔花不僅能增強魔力，還能夠增強與魔像之間的連結，所以魔紋師天天喝花茶與吃摻了魔花的菜餚是家常便飯。有些懶得料理的魔紋師連泡茶都省了，直接吃花。

亞倫貴爲王子，過去所吃的魔花自然皆是經過烹調的，像這樣生食花瓣的機會不多，但他還是乖巧地咬住花瓣，將之吞了下去。

一股暖流在他的體內擴散開來，一路蔓延至全身，這股力量稍微撫平了他忐忑不安的心緒。亞倫逐漸放鬆下來，感覺自己猶如浸泡在熱水當中，光是這片花瓣所蘊含的力量，就比他方才輸送給花朵的魔力多上好幾倍。

暖流引導著他的魔力流淌到花朵上，這一次花朵終於不再爆開了。

亞倫開始相信厄密斯是眞的想幫他了，可他依舊不懂厄密斯大部分行爲背後的目的。

「你到底是什麼人……爲什麼要做那些事？」

若厄密斯當眞無意傷害他，那究竟是爲了什麼才做出那些事？他讓整個哥雷姆國的魔像陷入沉睡，封鎖了國境，甚至還把他關在棺木裡，假設這一切都如厄密斯所說，是爲了他好，那是基於什麼理由？

「你不必知道太多，只要知道我是値得你信賴的人就好。」厄密斯毫不掩飾自己對亞倫近乎痴迷的執著，他捧起亞倫的臉，目光灼熱得連習慣受人注目的王子殿下都快承受不住。亞倫認爲自己沒有理由承受如此濃烈的情感。「只要能讓你得到幸福快樂的結局，我什麼都願意做。」

聞言，亞倫更加迷惑了。照厄密斯的說法，如果厄密斯當年沒毀了哥雷姆國，他便不會有幸福快樂的結局嗎？

他正想開口詢問，厄密斯卻神色一凜，用力推開了他。

下一秒，一把燃燒著的長劍貫穿了魔法師的胸口。

第八章

亞倫呆愣在原地，他瞪大眼睛，慘白著臉盯著從厄密斯胸膛冒出的一截劍刃。他認得這把劍，也萬萬沒料到會在這種時候看見泰歐斯的炎劍。

厄密斯握住那截劍刃，面目猙獰凶狠，眸中充滿了恨意。

「我就知道你一定會追上來……」即使熊熊烈火正灼燒著他的胸口，幾乎有將他整個人吞噬的趨勢，厄密斯仍是不放棄地吐出這段話。「你究竟要糾纏他到什麼時候？爲什麼就是不肯放過他？」

下一秒，炎劍猛然從他胸口撤出，傷勢過重的厄密斯頓時跌坐到地上。

「厄密斯！」亞倫顧不得過往的恩怨，趕忙要上前攙扶，卻立即被阻止了。

「請不要靠近他，殿下。您會有危險的。」魔像騎士及時從後方捉住亞倫的手臂，聽見這個聲音，亞倫更加錯愕了。

「加克，你怎麼會在這裡？」他以爲來的是泰歐斯一行人。

「因爲只有我們有能力找到你。」炎劍目前的主人穆恩站在厄密斯身後，冷冷盯著魔法師。「糾纏不清的明明是你這傢伙才對，都已經過了一百年還窮追不捨，你到底有什麼意圖？」

「……穆恩？」亞倫完全沒想到持有炎劍的人是穆恩，此刻他才曉得原來那把多出來的劍正是泰歐斯的。

「我有什麼意圖？我是爲了他才做這些事！哪像你，你想要的不過就是他頭上那頂王冠，還有任何他所擁有的東西！」厄密斯跌跌撞撞地站起來，他轉過身面對穆恩，摀住燃燒的胸口，憤恨地指著穆恩怒吼：「像你這種敗類憑什麼說我！反正你遲早有一天會拿著那把劍殺死他！」

厄密斯這異常堅決的指控令穆恩頓時一陣惱火，他就是怕某人手賤戳死王子殿下，才特地把炎劍搶過來，結果這會變成好像他是爲了殺亞倫才搶的一樣。

然而很快，他想起自己一開始遇見亞倫的時候。

當時他確實產生過殺掉亞倫的想法，他想要取代亞倫，得到王子所能擁有的一切。

可是現在……

這分明是他曾經有過的念頭，如今聽見厄密斯這麼說他卻十分憤怒。

他生氣不是因爲自己被指控，而是因爲光是被指出這個可能性他就不爽。這種事不該發生，他也不可能讓它發生。

而且他從沒見過這傢伙吧？爲什麼厄密斯一副很了解他的樣子？

穆恩越想越不舒服，亞倫都沒這麼認爲了，這傢伙憑什麼這樣說？

「你閉嘴，輪不到你來說。」穆恩不想再跟厄密斯廢話，握在手中的長劍燃燒得越發熾烈，當他確定亞倫退到了安全距離後，便神色一斂，一劍揮向厄密斯，熊熊烈火轉瞬吞噬了魔法師。

厄密斯站在火焰之中，所有荊棘都被燒成灰燼，包含他本人也是。

在灰飛煙滅以前，厄密斯宛若厲鬼一般，用盡力氣對穆恩咆哮：「別以爲這樣就結束了，我跟他一樣，只要本體沒死就能無限重生，你是阻止不了我的！」

接著，厄密斯扭頭看向亞倫。「我還會再出現的，到時候你必須跟我走，已經沒剩多少時間了。你的身體要是出了什麼問題，一定要來找我。」

「在那之前……」厄密斯大手一揮，數條荊棘從艾爾艾特旁邊竄出，捲住了小木偶。「這傢伙我先帶走了。他的記憶裡有我沒見過的線索，我需要研究他的過去。」

「哎？」亞倫呆住了，他還來不及阻止，艾爾艾特就被拉進了土裡。「等一下！不要帶走他！他是我父王唯一的遺物！」

亞倫拚了命衝向前，然而來不及了，艾爾艾特已經被厄密斯用傳送魔法帶到他不知道的遠方去。

「艾爾艾特！」

亞倫愣愣地呆坐在地上，無法相信自己失去了醒來後始終跟在身邊的小木偶。

「那傢伙……」穆恩咒罵一聲，他跟加克合力將亞倫拖到離火焰遠一點的地方，一路上還忿忿不平地罵：「簡直是個瘋子，盡說些讓人聽不懂的話，又帶走艾爾艾特，他到底想怎樣？」

「殿下，我們還有機會奪回艾爾艾特的。您先離火遠一點，要是這具身體被燒了，就沒機會救回艾爾艾特了。」

聞言，亞倫這才勉強配合兩人離開。此時頭頂忽然傳來刺耳的叫聲，他仰頭一望，發現賽西羅家的兩隻老鷹在空中盤旋，看來多半是老鷹們找到他的。

加克仔細檢視著亞倫的狀態，確認自家殿下毫髮無傷後，他總算鬆了口氣。亞倫被帶走眞的要把他嚇死了，他好不容易得以重新回到王子的身旁，卻親眼目睹亞倫再度陷入危險，那一瞬間他幾乎就要崩潰。所幸穆恩扭著身子想辦法拔出了炎劍，燒斷了荊棘解救眾人。

一開始派出老鷹搜索時，他們不太抱持希望，畢竟亞倫被帶回城堡的可能性相當高，恐怕早已不在附近了。然而意外的是，兩隻老鷹竟在城外不遠處找到了亞倫。

奪回亞倫的過程也出乎意料地順利，厄密斯畢竟也是魔花怪，同樣害怕火攻，不過要眞正取對方的性命並不容易。若無法找到厄密斯的本體，就不可能殺死對方。

「殿下，魔法師沒對您怎麼樣吧？」想到那個不講理的變態跟蹤狂擄走他們家殿下不算短的時間，加克就覺得怕。

亞倫搖搖頭。「他似乎人不壞，雖然有點瘋瘋癲癲的，一直說他做這些事都是爲了我……」

「還說我會殺了你是吧？莫名其妙。」穆恩翻了個白眼，他將炎劍入鞘，走到亞倫的身邊，拍了拍他的頭。「別擔心，那傢伙不是說了還會再來找你嗎？到時候再叫他把那個木偶吐出來。」

也只能這樣了。亞倫發出長長的嘆息，不確定該如何看待這一切。

他無法理解厄密斯，但他感覺得出來厄密斯眞的相當重視他。光憑這點，厄密斯大概就不會對艾爾艾特怎麼樣。

事態變得更加複雜，他已經不知道該如何拯救哥雷姆國了，只能暫且放下這個難題，先去援救還能救的人。

「阿德拉惡魔被厄密斯制伏了，應該還躺在附近。」

在老鷹的搜索下，他們很快發現阿德拉惡魔。這名犯下多起罪行的怪物如今像個普通人類般陷入了沉睡，他們不清楚她何時會甦醒，也不好把她安置在一般住所，最後穆恩建議可以把人關在地牢裡，這樣不僅安全，且看守的都是自己人，不怕洩密。

「那把劍到底是怎麼回事？你趁泰歐斯睡覺時偷的嗎？」走在返回阿德拉鎮的路上，亞倫忍不住質問穆恩。

「什麼偷，我像是會做這種事的人？當然是搶來的。」穆恩驕傲地說。

亞倫連忙摀住穆恩的嘴，無奈已經太遲了。

「穆恩閣下，根據哥雷姆國律法第六百四十一條，你必須入獄服刑四十八小時。」即使背著一頭惡魔，加克仍不忘以嚴肅的語氣大義滅親。

「不不，我只是沒收武器！」意識到自己或許會被丟進泰歐斯所在的牢房，穆恩臉都綠了，立刻絞盡腦汁解釋起來：「那傢伙在鎮上四處造謠，說你們家殿下的不是，我才以妨礙名譽的罪名將他送進地牢，順便沒收了他的武器！」

「武器照理說必須由我們這些執法人員沒收。」

「去去去，給你！」穆恩毫不留戀地將燙手山芋扔給魔像。「我也不想帶著這玩意兒。」

想到厄密斯說他總有一天會拿這把劍殺死亞倫，穆恩就不太高興。他承認自己利慾薰心，但才不會做到這種地步，他確實不是什麼好人，即便如此，他過去也從未做過殺人奪寶的行爲。

反正他也覺得那把劍不適合帶走，畢竟他家王子殿下那麼嬌弱，光是靠那把劍近一點就感到痛苦，若非特殊情況，他又怎麼可能在亞倫面前揮舞炎劍。

就在此時，亞倫湊近他耳邊低語：「那把劍要留嗎？我可以想辦法說服加克別還回去。」

亞倫見過無數金銀財寶，自然看得出這是把好劍。他認爲以穆恩的個性，應該不會想把寶物歸還。

「不用，那把破劍留著做啥？還回去。」話雖這麼說，穆恩心底十分清楚炎劍的價值。魔法劍可遇不可求，尤其像炎劍這類擁有強大破壞力的劍，他敢說天底下再也找不出第二把了。他實際使用過一次才了解這東西有多厲害，灌注的魔力越多，火就燒得越熾烈。

若是以前的他，搶到手了肯定就不會再還給對方了，可是現在他又拿不了，誰叫他隊友怕火。

當他們返回阿德拉鎮時，晨曦已經替城鎮披上了一層閃閃發亮的薄紗。路途中，亞倫交代了下被厄密斯帶走後發生了什麼事，不過許多細節他都含糊帶過了，像是厄密斯一口咬定穆恩會害死他的事。

如果說得太詳細，對穆恩就太不公平了，明明穆恩是這麼努力地在保護他。

穆恩沒有確切說明為何會將泰歐斯一行人關進地牢，但亞倫明白穆恩肯定是為了他才這麼做的。對於那群人的下場，亞倫並不是很擔心，因為哥雷姆國是人道國家——

穆恩才剛踏上通往地牢的階梯，就聞到一股好聞的氣味，神色頓時微妙起來。

身為一個手腳不乾淨的冒險者，穆恩自然光臨過地牢幾次，在他的印象中，地牢總是充斥著令人不舒服的味道，例如排泄物的臭味，嚴重一點連屍體腐爛的味道也有。

然而此刻這座地牢中非但沒有臭味，甚至還瀰漫著一股令人直吞口水的香氣。

「怎麼搞的，為什麼地牢會有股香味？」

當他隨著王子殿下與魔像騎士走下階梯後，很快就得到了解答，而答案讓他瞬間沉默了。

「嗚嗚，這濃湯既濃郁又放了好多料！跟外面那些摻了一堆水的超稀濃湯差太多了！」

「真好喝，沒想到魔像煮出來的東西這麼美味……」

「難以置信，魔像所料理的食物居然比人類實在。茉莉妳多吃一點，這裡還有麵包可以沾著吃。」

被關在地牢的三位冒險者正一派和樂地坐在地上享用早餐，三人手上各自捧著一碗冒著熱氣的濃湯，擺在地上的木盤中還有三塊切好的麵包。昨晚協助穆恩的鎧甲魔像則躲在陰暗的小廚房刷洗著鐵鍋，旁邊擺著新鮮馬鈴薯與紅蘿蔔。

穆恩立刻咒罵一聲，指著這三人，對身旁兩位哥雷姆人控訴：「這些坐牢的憑什麼吃這麼好？」

他簡直快被氣死，他都來阿德拉鎮多久了，從沒喝過馬鈴薯這麼大塊的濃湯，鎮上酒館賣的濃湯稀得跟水一樣，能撈出幾塊紅蘿蔔就很了不起了，結果這些人吃得這麼好，而且還是免費的！

「畢竟我們是重視人權的國家啊。」亞倫理所當然地解釋。「要是讓囚犯在地牢中餓死或凍死，也會有辱我國名聲的。」

「不過伙食確實有點太好了，如今阿德拉鎮的糧食產量已經不如當年，而目前地牢中罪犯眾多，這樣下去恐怕會被吃垮，看樣子得調整一下。」加克意識到了疏忽之處。他們魔像最擅長一板一眼行事，不僅法律照百年前的規矩來，連伙食也是，完全依循哥雷姆國全盛時期的規格。

穆恩終於明白為何街上的冒險者變得這麼少了，那些傢伙全都發現地牢伙食的好，心甘情願蹲牢房去了！

「穆恩！」泰歐斯第一個跳起來，指著穆恩暴跳如雷地怒斥：「你這無恥的混帳！還有臉回到這裡！」

「幹什麼？你說話小心點啊，我現在可是阿德拉鎮的管理階層，你要是敢侮辱我，事情可不會就這麼算了。」

在加克無語的同時，亞倫跑去向守衛魔像交代了一些事，當他走回來後，加克又開始碎碎念。

「殿下，您眞的該重新考慮一下護衛人選。」

「沒事的，穆恩有自己的分寸。」亞倫明白穆恩只是做事方式跟其他人不太一樣，為人還是有道德底線的。

加克搖搖頭，他大概是不信任王子殿下的眼光，於是一把揪住穆恩的衣領，不由分說地把人拖到角落開始說教。

穆恩一副受不了的樣子，無奈他打不過哥雷姆國最厲害的魔像騎士，只能乖乖聽加克把騎士美德以及做人道理統統講了一遍。

「你說的那些我從來沒聽過，哪有人會眞的全部照做？只有你們魔像會遵守什麼美德。」

「這些知識都是人類書籍中的紀載，也就是說，是寫給你們人類看的。知識之所以傳承下來自然有其道理，你現在不學，以後還是得學，我不允許將來輔佐殿下的人不學無術又缺乏道德操守。」

「我只能看懂簡單的文字，你跟我講學術也沒用——」

「那就由我來教你。以後每天你都要抽出一小時跟我和殿下學寫字，再抽出一小時跟我練劍。」

「瘋了嗎你？跟怪物學寫字說出去能聽嗎！」

在穆恩與加克爭執不下時，亞倫從鎧甲魔像手中接過剛燒好水的熱水壺，在鐵杯中撒了一些白色花瓣，灌入熱水沖泡，淡淡的白色茶液在杯中渲染開來。

「不好意思，我的隊友給你們添麻煩了。」亞倫擺出專業的待客微笑，他讓鎧甲魔像打開牢門，逕自走了進去，泰歐斯三人一見他進來，紛紛退到角落，滿臉忌憚盯著他。

「你想幹麼？」

「你、你這騙子，離我們遠一點！」

「沒事的，我沒有惡意。等等我會向魔像守衛解釋清楚事情經過，還你們一個清白，屆時你們就能出去了。」

「你別以爲我們會上你的當。」泰歐斯依舊狠瞪著他。「反正是另一個陷阱吧？」

「怎麼會呢？我們都是立志拯救哥雷姆國的冒險者，要多多互相關照才是。先前爲了逮住阿德拉惡魔，做了一些讓你們不太愉快的事，我在此道歉。」亞倫歉然表示，語氣顯得有點難過。「我只是……太想拯救這個國家了……我也很擔心坦承我的身分後，會被大家討厭，所以才撒了個小謊。」

他捧著冒著熱氣的杯子，縮了縮肩膀，一副忐忑不安的樣子望向三人。「得知我的眞實身分後，你們討厭我了嗎？」

「怎麼會！」

第一個出聲的居然是被他陷害過的蜜安，蜜安一見到亞倫楚楚可憐的模樣，就衝動地喊出來了。發現兩位隊友都盯著她瞧，蜜安咳了一聲，不太自在地解釋：「我討厭你是因爲你沒說實話，還暗中操控魔像攻擊我們！」

「那如果我不再這麼做呢？妳會不會變得比較喜歡我？」

聽到最後三個字，蜜安臉都紅了，不過仍嘴硬地說：「我、我會對你改觀，但才不會因此喜歡你！」

聞言，亞倫勾起淡淡的笑容，他無視泰歐斯難以置信的眼神，逕自走向祭司茉莉。

「爲了表達歉意，我泡了我們國家特有的花草茶給妳。我聽說妳被阿德拉惡魔咬傷後，身體變得相當虛弱，這是我特製的魔花茶，妳喝了應該會好一點。」

茉莉半信半疑地接過鐵杯。她好歹也在哥雷姆國遊歷一陣子了，自然喝過哥雷姆的國民茶，但她不太確定能否信任亞倫。

「茉莉，別喝！他肯定動了什麼手腳！」泰歐斯開口阻止。他走過去想搶過鐵杯，亞倫卻直接握住茉莉端著杯子的手，喝了一口。

三人瞪大眼睛，茉莉也被如此直接的舉動弄得臉紅了。她直愣愣地盯著亞倫露出迷人的微笑，以惡魔般的誘惑語氣對她低語：「若這茶眞有什麼問題，我也無法安然站在這裡，是吧？現在相信我了嗎？」

茉莉沉默了一會，鬼使神差地喝了一口魔花茶。

她先是露出驚訝的表情，接著眉頭緩緩舒展開來，最後甚至揚起笑容。

「眞的，這杯茶好像有神奇的力量，喝下去後，我感覺魔力明顯回復了些。」像是吃了特效藥一樣，一股暖流在茉莉體內擴散開來，使她疲弱的身子逐漸恢復力氣。

「喂，與其在這對我說教，你還不如去阻止你們家殿下。他居然把自己的器官拔下來泡給那女人喝。」穆恩在旁邊目睹一切，忍不住流露出詭異的神色。他完全不能理解爲何茉莉會喝得這麼開心。「那玩意兒喝了不會有問題嗎？喝下去會不會就被洗腦成邪教徒了？」

加克沒有回話，他還眞不能確定，因爲他也是第一次遇到身上長花的人。

雖然追捕阿德拉惡魔的過程稱不上順利，不過至此也算圓滿落幕了。他們把阿德拉惡魔藏在偏遠地區的地牢裡，派了幾名魔像駐守，並嚴禁任何人接近。

阿德拉鎮的居民們並未親眼見到惡魔的屍體，但當亞倫一行人表示惡魔已經解決時，沒有任何人懷疑，居民們表現出了全然的信任。爲了感謝他們拯救了阿德拉鎮，不僅鎮長將懸賞金全給了他們，民眾還安排了一場慶功宴邀請他們參加。

除了不邀功的加克，亞倫與穆恩皆未推辭。自從在奧爾哈村跟當地居民喝過一次酒後，亞倫便愛上了這類聚會，對參加過各式各樣貴族宴會的王子殿下來說，這種無拘無束的聚會使他感到特別自由，而穆恩當然也不會反對，畢竟有免費的食物跟酒，他最喜歡免費的東西了。

他們以爲能在慶功宴之前等到阿德拉惡魔醒來，可惜到了宴會當天，這名女子依舊陷在深沉的睡眠裡。

亞倫站在牢房門口，仔細思索著他的同類為何醒不過來。

阿德拉惡魔的魔力變得十分低落，這或許也是她無法清醒的原因之一，亞倫自己一旦缺乏魔力也會嗜睡。他想將阿德拉惡魔泡進水中，但對方的軀體仍是人類，這讓他不敢亂來，生怕一不小心把人淹死或是泡壞身體。

只能慢慢等人甦醒了。

亞倫嘆息一聲，默默坐在牢房門口，觀察沉睡中的惡魔。

那個人在這裡的話，想必會有辦法的吧？

亞倫莫名認為假使他去懇求厄密斯，對方說不定會答應協助，無奈他不清楚厄密斯如今身在何方，所以有這個想法也是白搭。

一定是由於某個與他自身有關的因素，促使厄密斯做出那些瘋狂舉動，若他能找出原因，應該就有辦法說服厄密斯撤掉國境周圍的荊棘，並讓所有魔像醒來。

繞了老半天，亞倫終於發覺問題出在自己身上，偏偏他也不曉得自己發生了什麼事。

如果不解除厄密斯的隱憂，艾爾艾特恐怕也無法回來，亞倫不懂厄密斯究竟想從艾爾艾特的記憶中獲得什麼線索，是通往幸福快樂結局的線索嗎？

亞倫再次長嘆一聲，厄密斯不僅帶走艾爾艾特，對穆恩與加克也充滿敵意，他不明白到底該怎麼做才能守住他的夥伴們。

「殿下？」

聽見這聲熟悉的沙啞呼喚，亞倫回過頭，發現加克不知何時來到了他身後。

「怎麼了？」他揚起淡淡微笑，上前迎接他最喜歡的魔像騎士。「你怎麼會來這？我以爲你正忙著訓練魔像們。」

加克搖搖頭。

「殿下，我很抱歉當年沒能及時趕回來。」之前忙著追捕惡魔一直沒機會說，現在加克終於說出口了。

假如能夠順利趕回來，結局會不會因此不同，加克不敢肯定，可是至少不用讓亞倫獨自承擔這一切。

「你怎麼還在說這種話？這也不是你能控制的不是嗎？」亞倫踮起腳尖，摸了摸魔像騎士的頭，他露出加克熟悉的笑容，語調輕快地說：「至少你終究回到我身邊了。」

見加克還想說什麼，亞倫搶先開口制止。

「你不必想太多。沒事的……其實很多事情我都記不得了。」

「什麼？」

「當年厄密斯闖入我的生日舞會後，發生了不少事，但我幾乎全忘了。」

直到現在他依然認爲，他可是自幼備受愛戴的哥雷姆王子，被人辱罵怨恨什麼的，不會發生在他身上，就連當年厄密斯在舞會上對他說了什麼，他也大部分都遺忘了，唯一殘留的印象僅有厄密斯凝重的神情。

他的身體仍記得對厄密斯的恐懼，他的心中仍執著地想要拯救這個國家，然而關於滅國前那段時間，他的記憶是殘缺不全的。

這十分不正常，亞倫心知肚明。不過也因此他才有辦法面對現實。

「這樣是不是很狡猾？」亞倫苦笑著詢問他的騎士。

加克沉默了一會，搖了搖頭。他輕輕摟抱住王子殿下，嗓音變得有些哽咽。

「沒關係，殿下。忘了就忘了吧，永遠想不起來也無妨。」

即使亞倫不說，加克也能推測出被亞倫忘掉的都是些什麼記憶。透過後人所撰寫的書籍，他得知在魔像們陷入沉睡後，首都四處發生暴動，大批民眾包圍了城堡，用尖銳的言詞辱罵他們的王子殿下。他們痛恨國王與王子沒有守約，直到滅國之前，仍以最惡毒的言語詛咒著他們父子。

這種回憶，不想起來也罷。

「我們離開這裡吧，居民們已經準備好慶功宴了，正等著您加入呢。」

聞言，亞倫笑著點點頭。

「嗯，走吧。」

+

亞倫和加克一來到有人煙的地區，便見到少年信徒在前方路上等候。一看見亞倫，少年立刻興奮地小跑步過來，表示一定要請他先去教堂看看。

「您終於來了，就在昨天，鎮上的工匠熬夜趕工完成了！」少年拉著亞倫的手，眉飛色舞地形容著成果有多棒。

拗不過對方的熱情，亞倫跟著加快腳步抵達了教堂，遠遠便聽見他的另一個隊友在裡面大呼小叫。

「休想叫我拜它！我是無神論者，從不拜任何神靈，給我滾！」

這熟悉的抗議令亞倫不禁莞爾。他踏進教堂，一座嶄新的高大雕像就矗立在正前方。

雕像的外觀像個圓滾滾的雪人，圓渾的頭顱配上臃腫的軀體，臉上鑲著兩顆黑色珠子，手持一把巨弓，乍看之下挺可愛的。即使除此之外再無特別之處，不過就是這般樸素的魔像成爲了哥雷姆國人民的信仰。

「始祖魔像霍普。」亞倫綻放出欣喜的笑容，他的雙眸閃耀神采，快步走到了雕像面前。「這尊霍普像雕得好傳神，太棒了。」

一旁的穆恩露出難以置信的表情，他瞧了瞧亞倫，又瞧了瞧霍普雕像，越瞧越懷疑人生。

好歹他也在哥雷姆國遊歷了一段時間，見過各式各樣的魔像，這尊魔像是他見過最隨便的，他自己都能用黏土捏出相似的造型。可是哥雷姆人全都宣稱這彷彿小孩隨意捏出來的勞作娃娃，就是他們的魔像之神？

「我的霍普大人，終於讓您重見天日了，從今以後我們會日夜派人守著您，再也沒有人可以傷害您了。」一名信徒跪在雕像腳邊，宛如變態似的抱著雕像的腳虔誠說道。

「從今以後，我們要更加努力地讚美霍普、宣揚霍普。」其他信徒也紛紛跪在霍普前方，在他們開始誦唸禱詞之前，亞倫開口了。

「可以宣揚，但不能過度張揚。如今像穆恩這樣的無神論者與異教徒日益增加，你們得收斂一些，不能強迫其他人入教。」

信徒們連忙點頭。有了因冒險者而吃足苦頭的經驗與亞倫的教誨，他們也不敢再隨便妖言惑眾了。

此情此景令穆恩的腦海浮現先前做過的噩夢，那時亞倫也是像這樣站在霍普的雕像前，慫恿他入教。即使亞倫都告誡信徒們別亂傳教了，穆恩依舊深怕再待下去就會被這群人荼毒心靈，於是趕緊走了出去。

雖然亞倫含糊帶過了厄密斯所說的話，也表明自己不會相信，穆恩心底仍是介意的。平白無故被那樣指控，怎麼可能不介意？

「我有什麼意圖？我是為了他才做這些事！哪像你，你想要的不過就是他頭上那頂王冠，還有任何他所擁有的東西！」

當穆恩聽見這番話時，不但沒有覺得自己的心思被看透，反而還覺得被冤枉了。他想要的哪有這麼膚淺？而且他不會用那種殘酷的方式取得。

可是厄密斯與他過去遇見的怪物截然不同，這傢伙不僅光憑一己之力就摧毀了一個大國，又疑似擁有預知未來的能力，還能夠治療亞倫。像厄密斯那樣的怪物，在其他國家肯定會被人民當成神靈崇拜，比起霍普，穆恩認為厄密斯更像個魔神。

厄密斯多半是存在已久的魔法生物，為什麼哥雷姆人不信仰厄密斯，反而信仰霍普，穆恩猜想大概是厄密斯太低調了。

據亞倫所說，厄密斯瞧不起阿德拉惡魔，明顯完全不把這名剛覺醒的同類放在眼裡。於是穆恩有了一個大膽的推測，這個國家說不定忽略了一件事，那就是除了人類與魔像以外，還有第三類居民，只有哥雷姆國才有的居民。這類居民擁有一些特徵，例如能夠操控魔花，或者是傾聽魔像的聲音。

人類之王是哥雷姆國王，魔像之王是霍普，魔花怪之王則是厄密斯。

亞倫雖以人類的身分出生，但恐怕打從一開始就被厄密斯歸為同類。

這些推測他打算之後再與隊友們討論，反正來日方長，就算先說了也無法改變現況，不如暫且放鬆一下。

「穆恩。」亞倫忽然從後面冒出來，一把勾住他的手臂，嚇了他一跳。亞倫的笑容過於燦爛，讓穆恩的腦中又浮現夢裡亞倫逼他在霍普面前宣誓的場景。

「你想幹什麼？」他甩開亞倫的手，迅速拉開兩步距離，警戒地盯著對方。

「幹麼這樣，我又沒什麼意思。」亞倫對他的反應不太滿意，故作委屈地再度纏上去。「只是要你幫個小忙而已。」

不顧穆恩的排斥，亞倫湊近他耳邊，指了指待在教堂內的加克。「你有沒有辦法瞞過加克帶我去喝酒？加克不准我喝。」

「你都成年多久了，還不准你喝？」

「我以前喝過一次給加克留下不好的印象，所以……」

穆恩無語地看著王子殿下。

他記得加克離開哥雷姆國時，亞倫才十二歲，這傢伙居然這麼小就喝過酒了？

亞倫從穆恩的眼神猜出了他的想法，儘管如此，王子殿下仍臉不紅氣不喘地解釋：「以前看大人們喝得那麼開心，我就趁大家不注意時偷喝了一杯，後來醉醺醺地在城堡中迷了路，一路迷路到屋頂上。」

穆恩傻眼了。

「而且是離地面有幾十公尺高的屋頂。」亞倫難掩自豪，說實話，他覺得自己挺厲害的。「我也不曉得怎麼辦到的，總之母后他們差點沒嚇到昏過去，不過最後我平安被加克抱下來了。」

「你不用再講了，我是不會讓你喝的。」穆恩神色凝重地回應。

「你讓我喝，未來酬勞可以再多給你一些。」可惜亞倫也很了解穆恩，他的語氣放軟了幾分，指向加克身上的佩劍。「你應該知道加克隨身攜帶的武器是魔法劍吧？我們國家具備鍛造魔法劍的技術，所以城堡裡有各式各樣的魔法劍。你現在多幫我一點忙，到時候可以讓你去城堡的寶物庫挑一把順手的。」

穆恩不禁動搖了。

亞倫重新勾住他的手，在他耳邊誘惑低語：「挺划算的對不對？只要幫我瞞過加克的眼睛，就有魔法劍可以拿。」

當穆恩回過神時，亞倫已經踩著雀躍的步伐離去了。他感覺自己剛才像是被下了蠱，直到亞倫離開，腦袋才突然清醒。

一段記憶閃過腦海，他發覺有哪裡不對。

當初參觀賽西羅家時，這傢伙不是就跟他說過，只要他不偷竊，城堡裡的東西隨他拿嗎？

「……那個混帳王子！」

慶功宴選在教堂舉辦，居民們準備了豐富的佳餚與美酒，任何人都能參加。不過參加者幾乎全是居民與魔像，部分冒險者雖然想加入，可是他們一靠近教堂就打退堂鼓了。

擁有百年歷史的教堂外觀陳舊，居民們以紅色魔花與點燃的蠟燭充當光源，詭譎的紅光和微弱的燭火無聲地在教堂內展現出異常強烈的存在感，居民們卻稀鬆平常地置身於其中，開開心心地唱歌讚美霍普。光是看到這幅情景，就沒有一個冒險者想進去，其中當然也包括穆恩。

所幸亞倫並不在裡頭，於是穆恩朝人群聚集的地方走去，很快發現了亞倫與加克。主僕倆被民眾包圍在中心，亞倫對這種場面十分熟悉，與眾人有說有笑的，加克則盡責地待在一旁，任何人想邀王子殿下喝酒都被他擋了下來。

情況果真和亞倫說的一樣，這讓穆恩煩惱起來。他要怎麼當著加克的面把亞倫帶走？他素行不良，加克肯定不會相信他能看好亞倫。

穆恩左顧右盼，正巧見到他的幾個同行遠遠盯著亞倫他們，神色既忌憚又略顯羨慕，畢竟阿德拉惡魔的賞金全歸他們了。

「喂。」當穆恩走過去喊人時，那群人還渾然不覺，全被他嚇了一大跳。

「幹什麼？」

「你有什麼企圖！賞金都給你了還想怎樣！」

對方充滿戒備的樣子讓穆恩在內心翻了個白眼，他嘗試與這些向來不合的同行們溝通：「你們知道那個魔像騎士是誰嗎？他可是哥雷姆國傳說最強的魔像騎士，為人公正善良，絕不欺凌弱小，而且還非常喜歡與人練劍。若是你們向他討教劍術，他絕不會推辭的。能獲得劍術大師真傳徒弟的指點，這機會可不多。」

「我們幹麼向一個怪物討教劍術——」

「誰讓你們選擇了？你們現在不向他討教，就換我來跟你們討教劍術。」

這完全是赤裸裸的威脅了，偏偏穆恩還一副沒在開玩笑的樣子，他把手放在劍柄上，笑得不懷好意。

迫於他的淫威，冒險者們一邊咒罵一邊不甘不願地向加克求教去了。

「切磋？當然可以。」聽了冒險者們的請求，加克毫不猶豫地點頭。

居民們都樂得看熱鬧，畢竟親眼欣賞魔像英雄揮劍英姿的機會可不多，一些在附近徘徊的冒險者與魔像注意到騷動，也跟著跑了過來。人們為「虛心求教」的幾位冒險者與加克讓出空間，冒險者們與居民們各自替同伴加油，穆恩見狀趁機混入人群，牽住亞倫的手將他帶出來。

「你人緣什麼時候變得這麼好了？居然叫得動同行來幫你。」亞倫一看到那些冒險者就知道是誰搞的鬼了，臉上笑咪咪的。

「當然是用威脅的了。」穆恩回頭望了加克一眼，見加克正認眞與人切磋，他鬆了口氣。他不確定能開溜多久，得找個加克想不到以及亞倫發了酒瘋也沒關係的地點。

「先說好啊，只能喝一點。」

亞倫點頭如搗蒜，但穆恩壓根不信亞倫會聽話，他還是得靠自己。

「好刺激，我不曾從加克的眼皮子底下成功溜走過。」亞倫跟著穆恩走進教堂，他們摸走一些食物跟幾瓶酒後，神不知鬼不覺地從後門離開。

「等他發現你不見就死定了，他一定會猜到你跑去喝酒。」穆恩心想，自己屆時得製造個不在場證明，否則也會連帶受懲罰的。

兩人一連拐了好幾個彎，而後穆恩靈光一閃，爬上一戶民家高聳的樹籬笆，像個小偷般鬼鬼祟祟地從窗戶望進去。瞧了半天確認主人不在家後，他便帶著亞倫潛進人家的後院。

「我敢打賭加克不會來這裡。擅闖民宅後院是犯法的，他不會爲了找你而犯法。」穆恩得意洋洋表示。

亞倫擔心加克派出老鷹搜索，但他仰望著綴滿繁星的夜空，最後仍是拉著穆恩窩在後院一角，靠著綠意盎然的籬笆並肩而坐。

這一切越來越像場夢，亞倫從以前就希望能有朋友可以與他一塊玩耍，可是他從來等不到那個人。城堡裡有各式各樣的黃紋魔像陪伴他，然而魔像們都遵循著大人的囑咐，禁止他做出格的事，同齡的人類小孩也不敢跟他玩。

如今他不僅擁有特殊體質，能夠在外冒險，還遇到了願意跟他一起玩樂的穆恩，他十分開心，感覺童年時的願望全實現了。

「只是偷溜出來你也高興成這樣。」話雖這麼說，穆恩也不是猜不到原因。他忽然覺得幸好城堡的人把王子看得緊，不然依亞倫的個性恐怕會被壞人拐走。「怪不得加克會擔心你，看看你長大後變成什麼樣子？不僅背著家長跟一個惡名昭彰的騎士一起旅行，還闖空門偷喝酒。」

穆恩說著，露出反派般的壞笑。「你明白跟壞人喝酒會有什麼下場嗎？有些人會在酒裡下藥，讓對方喝個幾口就不省人事，許多倒楣鬼就是這樣被抓去賣身賣器官，也有因此失身的。更狠一點的甚至會直接在酒裡面下毒，所以你跟我喝酒最好要有心理準備。」

亞倫故作大驚失色。「你打算讓我失身嗎？」

穆恩就知道亞倫會特地挑這個說，有時候他實在挺想把王子殿下腦內的黃色廢料統統倒掉。「怎麼可能？我打算賣你的器官。前幾天泰歐斯隊裡的祭司喝了用你的器官泡的茶，看起來效果很好。」

「那種器官要多少有多少，你不考慮賣其他的嗎？」亞倫發出嘆息，難得長了張這麼好看的臉，卻只能賣器官，太可惜了。

「我想到了。」穆恩拔開酒瓶的軟木塞，將酒遞給亞倫，也給自己開了一瓶，豪邁地直接一口氣乾了一半。「我把你囚禁在地下室裡，你必須日夜繪製魔紋為我賺錢，假如偷懶就不給你水喝。」

哥雷姆王子被囚禁在地下室當免錢勞工，穆恩光想就覺得十分滿意。

亞倫不禁笑了，他拿著酒瓶，學穆恩的樣子就著瓶口喝了一口。即使是這般豪氣的喝法，他喝起來仍帶著幾分優雅。「那我可要呼喚我的騎士來拯救我了。」

穆恩冷不防摀住亞倫的嘴，欺身逼近亞倫，嘴角勾起帶著幾分邪氣的弧度。

「呼喚誰？」他刻意放輕了語氣。「你以為我會讓你有機會呼救嗎？」

這副渾然天成的壞蛋模樣令亞倫心臟一跳，這一瞬間，他有了自己真的落入惡人手裡的錯覺。

琥珀色眼瞳銳利地盯著亞倫，猶如盯上青蛙的蛇，亞倫不自覺地僵住身子。

「你那忠心的騎士早就被我的同夥困住，等他趕來的時候，已經太遲了。」穆恩緩緩放下酒瓶，越演越投入。「到時候我早已把你帶到任何人都見不著你的地方，無論你怎麼呼救，都不會有人來。」

穆恩的腦海甚至浮現亞倫被囚禁的畫面，可憐的王子殿下宛若一隻落難的金絲雀，明明備受寵愛，卻不幸地落入他的手中，只能待在囚籠裡爲他高歌。

「被我這種人囚禁，你一定覺得很悲傷。」穆恩低低一笑，他察覺亞倫試圖將他摀住嘴的手拉開，於是反過來捉住那隻作亂的手，舉至自己唇邊，若即若離地輕吻亞倫的手指。「是吧？我的殿下。」

不是想取代這個人。

而是想得到這個人。

他就像一隻外貌醜陋的怪鳥，由於嫉妒金絲雀的美麗，所以想要將其占爲己有，看到金絲雀只能卑微地乞求他的憐愛時，他扭曲的心靈便能得到滿足。

只要能確保純潔無瑕的金絲雀無法離開他，就算得住在陰暗破舊的老巢，他也甘之如飴。

「一定會悲傷的。」亞倫回答了。「但我悲傷是因爲世界這麼廣大，我們卻只能被彼此困住。」

這個回答出乎意料，穆恩一時沒有回應。正當他想說被囚禁的人是亞倫，他怎麼可能也被困住時，亞倫解釋了。

「這世上還有許多美好的人事物，如果你願意，我也願意將這世間我所知的美好事物都與你分享。如果你把我關起來，就看不到那一切了。」

「你以為這麼講我就會相信你嗎？就拿你們那個階層的人來說好了，那些人早就看慣美麗的東西，習慣和他們同階層的人來往，他們永遠不會打從心底接受一個來自不同世界的人，表面上看著你，其實根本不把你放在眼裡。你說要帶我去見識，實際上只是想帶個小丑回去逗他們發笑吧？」

「至今為止誰笑過你了？」亞倫淡淡地問。

聞言，穆恩默不作聲。

「一個都沒有。艾爾艾特平時喜歡跟你作對，關鍵時刻卻總是第一個跳出來幫助你；加克嘴上說要讓我換個護衛，可是他已經準備好要栽培你，才規定你必須練劍與讀書；人民全都信任你，奧爾哈村的人們知道你十分可靠，阿德拉鎮的人們知道你善於追捕怪物，甚至相信你的專業，自願擔任誘餌。」亞倫澄澈的雙眸毫不避諱地直視穆恩。「還有我，跟你相處時，我感受到的幾乎都是快樂與興奮的情感。在厄密斯要求我躺回那座棺木時，我非常擔心是不是再也不能見到你了，幸好沒有。」

亞倫握緊那隻牽著他的手。「你已經將我從牢籠裡帶出來，別再讓我回去那個孤獨冰冷的地方了……就算不囚禁我，我也不會逃走。所以不要軟禁我好不好？壞人先生。」

他語調卑微，言詞間徹底流露出對穆恩的順服，穆恩實在說不出拒絕的話，即使是演戲也做不到。

他有點想叫亞倫別這樣，他會變得無法放手。

「堂堂一個王儲，你的尊嚴去哪了？」穆恩演不下去了，他立即糾正王子殿下，試圖脫離剛剛的情境。「這時候不是該掙扎著拒絕我嗎？哪有你這種人，明知對方要綁架你還說自己不會逃，到底是在演哪齣？」

「我就喜歡演聽話的人質。」亞倫笑咪咪地說。「你不喜歡嗎？」

「怎麼可能喜歡！」穆恩沒好氣地放開手，重新在亞倫身旁坐下，他沉默一會，最後還是認爲有些事得說清楚。在厄密斯離開後，他終於釐清了自己目前的想法。

「你聽我說，厄密斯不是說總有一天我會殺了你，奪取王位嗎？」對穆恩而言，那樣的未來是不可能發生的。但是……

「你不必在意他的話，他只是——」

「先聽我說完。」穆恩罕見地收起吊兒郎當的態度，雙手按住亞倫的肩膀，認眞地凝視他。「若哪天我眞的被利益蒙蔽了雙眼，下定決心奪走你的一切，到時候我唯一會對你做的事就是——」

「……嗯？」

穆恩深吸一口氣，神情無比凝重地開口：「就是跟你求婚。」

「我會爲了金錢與地位，喪心病狂地跟你求婚，甚至與你一起信仰霍普。眞的做到那種地步的話，我已經不配當個人了。」穆恩光是想像就忍不住一陣惡寒。爲了權勢連自己的節操跟信仰都可以出賣，簡直不是人。

亞倫呆滯了下，而後嘴角完全失守，笑得肩膀都在顫抖。

「笑什麼？這很可怕好嗎？你知道娶你得抱著多大的覺悟嗎？你可是邪教菁英中的菁英，身邊總是圍繞著一堆陰森森的魔像，還引領一群瘋狂的信徒，明知這點還要娶你的人不是有病，就是為了利益連靈魂都可以賣給魔神的變態！」

「成為我的夫婿有這麼犧牲嗎？我可是王子殿下呢……」亞倫努力忍著笑反駁。「不僅才華洋溢，出得了廳堂，進得了臥房，更是年度最想嫁的老公第一名，有什麼好不滿的？」

「你還好意思說，參與投票的全是你們魔像教的信徒好嗎！」穆恩吐槽，語氣不善地轉回正經話題。「總之，不可能存在殺了你奪取王位這個選項。我真想奪走你的一切，就會強迫你成為我的人，懂了嗎？」

「真的不考慮跟我求婚嗎？你想要的一切，只要一句話就能得到喲。」

「你——」穆恩才剛說一個字，就被亞倫用食指按住嘴唇。

王子殿下露出蠱惑人心的微笑。

「可是要等你成功拯救了哥雷姆國才行，這樣我才會乖乖成為你的獎勵。」

他的氣息彷彿貓的尾巴一般輕輕拂過穆恩的耳朵，穆恩頓時快崩潰了，他真的很想掐死這個妖孽。

雖然亞倫沒說，但他明白亞倫為何能如此輕浮地說出這番話，哥雷姆王子的靈魂與肉體早已奉獻給哥雷姆國，只要能夠拯救這個國家，亞倫什麼都可以拿出來交易，哪怕是他自己。所以他引誘穆恩考慮結婚這個選項，因爲想要的越多，就得付出越多。

對亞倫而言，對象是誰不重要，重要的是那個人必須能拯救哥雷姆國。

同理，假如是厄密斯能做到，亞倫就會將任何他拿得出的東西獻給厄密斯，他不會放棄任何一絲拯救哥雷姆國的希望。

即使將亞倫囚禁在不見天日的棺木中，也無法囚禁他渴求希望的靈魂。

不過就是個國家，穆恩不曉得有什麼好執著的。可是亞倫說過，如果他願意，亞倫會將任何自己所知的美好事物與他分享。

就算眞的接受亞倫的提議，結果當眞能跟亞倫想像的一樣美好嗎？

不存在任何歧視與隔閡，無論是誰都能接納他這個外來者，若這樣的結局眞的存在，那肯定是童話故事才有的結局。

穆恩不想再思考下去，嗆辣的酒水灌進他的喉嚨，逐漸麻痺了他的思緒。該怎麼做他已經不知道了，他只知道自己絕不會傷害亞倫。

哪怕他不是什麼好人，也不會做這種事。

可悲的是，穆恩想藉由酒精逃避煩惱，後果卻是招來一個更大的煩惱。

他不過稍微沒注意亞倫，一回神王子殿下又醉得一塌糊塗，當他搶回酒瓶時已經太遲了，他還得負責把人帶回去。

「不是跟你說不能多喝了嗎？你這樣一回去加克就發現了！」穆恩氣急敗壞地拉著亞倫穿梭在巷弄，王子殿下跌跌撞撞地被拉著走，臉頰泛著淺淺紅暈，一路上還嘻皮笑臉的。

「沒關係啦，只要我不跑到屋頂上，加克就不會罵我。」

「問題不在這好嗎！」

「只要我們回去時，加克還在就好。你、加克、艾爾艾特，都在我身邊就好。」

這番話讓穆恩怔了怔。

「不對，艾爾艾特不在了……厄密斯說艾爾艾特的記憶裡有他要的東西，所以把他帶走了。那個人總是這樣，不由分說奪走我的東西……他從不在乎我願不願意，還口口聲聲說是爲我好……」亞倫揪住穆恩的衣領，把穆恩拉到眼前，罕見地露出怒容。「到底是怎樣？我到底要怎麼做你才會滿意？我不是都答應跟你走了嗎？爲什麼就是不肯放過我身邊的人！」

「你冷靜點，我不是那個魔法師。」

「我一無所有，身邊只剩下加克、艾爾艾特還有穆恩了，爲什麼還要奪走？難道一定要殺死穆恩跟加克你才會甘心嗎？」

「就說了你冷靜點，我不是厄密斯！」穆恩拉開亞倫的手，深吸一口氣，正想對王子殿下好好說教時，才發現亞倫哭了。

「你幹麼？」穆恩嚇得不輕，他從未見過亞倫如此失態。王子殿下在他面前永遠一派從容，彷彿對一切都胸有成竹的樣子，哪一次像現在這樣哭得像個孩子？這令他有點不知所措。

他們不是互相傷害的關係嗎？平時不放過任何取笑彼此的機會，就喜歡看對方吃癟。可眼下亞倫哭個不停，究竟是要他怎麼辦啊？

「有話好好說，我不是厄密斯，穆恩沒死，他就在你眼前，醒醒。」

「你騙我，你最討厭穆恩了，怎麼可能讓他活著。我不是都說穆恩不是那種心狠手辣的人了，爲什麼你就是不相信我？」

「好好，我相信。穆恩不但長得帥，心地善良，做事光明正大從不偷竊搶劫，還對自己的同行很好。」

聽穆恩這麼一講，亞倫露出迷惑的神色。「他沒你說的那麼好。」

「……你到底想怎樣。」

「把艾爾艾特還給我，我不能失去他，他是父王的魔像……」亞倫哭哭啼啼地抓著穆恩的衣袖，讓穆恩備感無奈，他眞心不知該如何面對發酒瘋的王子殿下。

「做不到，你換一個願望吧。」他放棄澄清身分，生無可戀地扮演起了魔法師。

「那我要穆恩，把他還給我。」

穆恩沉默了。

「爲什麼不回話？你不會把他殺了吧？」

「別說這種晦氣的話，他好得很！只是我不曉得現在該怎麼讓你見到他。」人就在眼前亞倫卻認不出來，他還能怎麼辦？

「你會不會在騙我？如果他好得很，爲何不能見我？你有辦法證明他會回來嗎？」

穆恩忍住戳瞎王子殿下眼睛的衝動，他翻了翻風衣內襯口袋，摸出一個東西，硬塞進亞倫手裡，沒好氣地說：「給你，這是穆恩的老本，你只要帶著它，跑到天涯海角他都會追上門向你討回去。有這玩意兒在，還怕穆恩不來找你嗎？」

亞倫盯著躺在掌心上的東西，那是一枚色澤黯淡的金戒指，以戒指的款式與大小來判斷，似乎是屬於女性的，怎麼看都不像穆恩的東西。

亞倫瞧了瞧戒指，再瞧瞧穆恩的臉，表情十分狐疑。「這不會是他的遺物吧？」

「最好是。」穆恩不想再跟亞倫廢話了，他將王子殿下拉走，並對亞倫下了指示：「我給你做個百分之百準確的預言吧，你今晚回去睡一覺，隔天醒來，他就會出現在你面前了。」

「眞的嗎——」

「我可是能看見未來的偉大先知，怎麼會做出錯誤的預言？來來來，快跟我回去。」穆恩拖著王子殿下拐進另一條小巷，緊接著卻差點被嚇死。

一名穿戴紅披風的魔像沉默地佇立在巷內，無聲盯著他們。

「我、我能解釋！不是你想的那樣。」穆恩慌慌張張地說，他絞盡腦汁，最後果斷棄亞倫求生。「我不知道這人喝醉會是這個樣子！我以爲他酒量很好！」

加克沉默地朝兩人走來，也不知有沒有相信穆恩扯的謊，只是一言不發地背起醉得東倒西歪的王子殿下，與穆恩並肩走回賽西羅宅邸。

「沒關係。」穆恩如坐針氈好一陣子後，加克才開口。「隨殿下去吧，只要殿下開心就好。」

穆恩忽然覺得加克並沒有亞倫所說的那麼不通人情。

仔細想想，作為一名魔像，加克不太可能忽略自己的職責，丟下王子跑去跟其他人切磋劍技，他也許早就料到這是他們在搞鬼，只是將計就計罷了。

有時他會不曉得該怎麼面對加克，加克看似嚴肅死板，會禁止亞倫喝酒，會強迫他練劍學寫字，可是又默許兩人偷溜出去找樂子。穆恩不太懂這名魔像的邏輯，對大多數魔像來說，不是對就是對、錯就是錯嗎？

以前那些教他劍術的老師也是，做對是應該的，做錯了就嚴厲懲罰，他們的字典裡沒有寬容這個詞，眼裡永遠不會流露任何溫暖。

然而他卻在魔像鎧甲空洞的眼中看見愛與溫暖，這明明是不可能的事。

穆恩煩躁地抓了抓頭，自暴自棄地開口：「我也有錯，行了吧？明天開始會花一點時間跟你練劍的。」

加克點點頭。「穆恩閣下從現在開始學習，一定能成為出色的大人的。」

「……我已經轉大人很久了。」

第九章

一早醒來，亞倫一時間還迷迷糊糊的，不明白自己爲何躺在床上，直到破碎的記憶片段從腦海中浮現，他經過了一番整理才漸漸想起昨晚發生了什麼。

他翻出口袋裡的金戒指，捏在手中端詳著。戒身上有些汙痕，他小心翼翼地用衣袖擦去，戒指總算顯得耀眼一點了。

作爲見過無數財寶的王子殿下，亞倫一看就能推測出戒指的價值大概落在哪，在以前的哥雷姆國，這樣的戒指中產階級就能買得起，不過穆恩都說這是他身上最珍貴的東西了，肯定意義非凡。

此時，他的房門被猛然推開，一臉興奮的穆恩快步走了進來。

「太好了，我還怕你又在那邊賴床。快，走了！」他不由分說地抓住亞倫的手臂，亞倫搞不清狀況，連忙把戒指收回口袋。

「怎麼了？這麼急。」

「阿德拉惡魔醒了，加克正帶著魔像們在審問她。」

聽到這個好消息，亞倫也興奮起來，他以爲還要再等上好一陣子。

走出大門，亞倫吹了聲口哨，其中一隻老鷹立刻飛過來，乖乖讓兩人騎上去，另一隻則已經先被加克騎走了。

「阿德拉惡魔恢復正常了嗎？會不會還想攻擊人？」

「聽說她恢復人性了，這樣就好辦了。」

「那就好，事情終於能有進展了！」雖然心中仍存在許多疑問，但亞倫相信阿德拉惡魔能帶給他們新線索。

他注視著穆恩的臉龐，又想起自己昨天收了人家戒指的事。他本想將戒指還給穆恩，卻覺得穆恩都說要給他了，只要持有這枚戒指，穆恩便會追到天涯海角，這樣不就能防範穆恩反悔落跑了嗎？

於是他主動說道：「戒指我不會還你的，因爲你說過，只要我擁有這枚戒指，你就會追到天涯海角。」

穆恩從沒指望怪物王子會有所謂的良心，不過他也無所謂。「隨便你，那枚戒指不過就是我的老本罷了。假如哪天眞的窮困潦倒到快餓死，至少還可以賣了混口飯吃。」

亞倫直覺不只如此，於是試探著拋出問題。「這該不會是曾經求婚失敗的信物吧？」

「怎麼可能？」穆恩瞪了他一眼，這人還眞是把他看扁了。半晌，他才悶悶不樂地解答：「那是我母親的東西。我一直想找機會脫手，只是過去始終沒窮到非賣不可的地步，結果就留到現在了。」

亞倫沒想到會是這麼重要的物品，這讓他又開始猶豫是不是該還穆恩了。可戒指上附著髒汙又有小刮痕，這令亞倫認爲穆恩這個人不懂得保管東西，放在他這邊至少還能妥善收藏。

「那好吧，等你快餓死再還你。」

「不用了，我如果快餓死會先把你的戒指賣掉的。」

兩人你一言我一語，很快抵達了目的地，他們趕緊走下通往地牢的階梯，一眼便瞧見加克的背影。

魔像騎士率領著幾名鎧甲魔像站在牢門前，他們的佩劍皆安然待在劍鞘當中，場面顯然沒有危險。穆恩與亞倫來到牢房前方，一同看向困擾鎮民許久的阿德拉惡魔。

凶猛危險的惡魔早已不見蹤影，取代而之的是一名驚魂未定的女性。女子有一張與常人無異的清麗面容，眼瞳是澄澈的紅棕色，她抱頭瑟縮在角落，臉色慘白，還微微發著抖。

若不是她長得跟阿德拉惡魔一模一樣，很難將她跟怪物聯想在一起。

「不可能的……為什麼會有這種事……」

她沒注意到亞倫與穆恩的到來，僅是不斷喃喃地重複這句話。

加克向兩人點頭致意，開始報告事情經過。

「我剛剛審問過了，這位小姐名叫夏琳，來自羅格城。她從小就能聽見怪聲，並擁有操控魔花生長的能力，但是夏琳小姐似乎失憶了，她的記憶停留在變成怪物之前。」

從夏琳驚恐莫名的表情來看，這段時間發生的事肯定對她造成了極大打擊。

「夏琳小姐對自己做出的一切完全沒有印象。她說她受不了那些在腦中日益強烈的聲音，爲了解決這個問題，她才離開了家鄉，想前往魔花鎮尋求某位名醫的協助。途中經過阿德拉鎮時，夏琳小姐上教堂祈求霍普保佑她擺脫那些聲音，然而或許是連日趕路的疲倦，加上對未來的不安，讓她突然崩潰了，於是憤而動用能力摧毀霍普的雕像。」

目前爲止的發展都跟亞倫當初推測的差不多，事實上夏琳到底是怎麼變成怪物的，穆恩與亞倫心裡已經有底了。

「然後她就跟剛好撞見的信徒吵起來了吧？在爭執的過程中，那名信徒的手被石塊劃傷流血，引發了她體內的獸性。」穆恩雙手環胸，說出自己的猜想。

加克點點頭。

「不是我的錯！那傢伙自己被石塊劃傷，氣得甩了我一巴掌！我、我的嘴唇沾到他的血，然後就什麼也不記得了……」夏琳猛然撲到牢門前，緊抓著鐵欄杆拚命辯解。「不是我的錯，不是我……我只是……嗚嗚……」

她跪坐在地上，掩著臉哭了起來。見她這副模樣，亞倫主動走進牢房在她身旁蹲下，輕撫著她的背。

「沒事了，我們明白妳不是故意的，也不會怪罪妳。從小就能聽到這些聲音，妳一定很害怕吧？沒有人告訴妳該怎麼做，也沒有人能爲妳解答這些聲音從何而來……一個人獨自面對這份不安這麼多年，妳很努力了。」

夏琳滿臉淚水地抬頭看他。「對不起……我眞的非常害怕，已經被逼到極限了，才忍不住摧毀了霍普的雕像。我實在記不得發生什麼事了，只知道我很餓，在我嚐到鮮血的那瞬間，感覺就好像渴了好幾天終於喝到水一般，渾身上下都在渴求那股鐵鏽味。」

亞倫一時說不出話。頓了頓，他壓抑住心中的不安，對夏琳溫柔地說：「妳現在還會有這種念頭嗎？」

「我不確定，但是我絕對不會再喝了！」夏琳用力搖頭，她再度緊抱住自己的頭，發瘋般地叫喊：「是她，一定都是她害的！都已經過了一百年，爲什麼那個禍害還在詛咒身邊的人！」

「我知道妳很氣魔法師，不過——」

「不是魔法師！是公爵夫人，我父親家族的祖先！她還活著的時候就惡名昭彰，她是個專門帶來死亡的薩滿，任何跟她關係親密的男人都會死於非命。在哥雷姆國滅亡的前一天，她對羅格城的居民丟下了一句話……」

亞倫的神情凝重起來。「什麼話？」

「『你們所有人，總有一天都會嚐到跟我一樣的痛苦』。」夏琳雙手摀住臉，驚懼地表示。「公爵夫人說完後，便逃進了巨大的地下墓穴，從此再也沒有人見過她的身影。有人說她早就預料到國家必定會滅亡，也有人說正是她策劃了這一切。」

亞倫的眉頭越皺越緊，他站起身，示意穆恩與加克隨他離開地牢。

剛走出大門，加克便急著開口：「殿下，她說的公爵夫人——」

「我知道。」亞倫一臉苦惱地打斷他的話。「夏琳說的公爵夫人，肯定是我的魔紋師老師。來自羅格城的死亡薩滿，這是老師仍在世時，最響亮的稱號之一。」

「你的老師？」穆恩簡直目瞪口呆，這下真的十分可疑了。夏琳說所有與公爵夫人親近的男人皆死於非命，亞倫剛好是她的學生，雖然沒死成，也在棺材躺了百年。

「我的老師不像會說那種話的人，而且父王跟我都相信，那些人是真的死於非命……」亞倫越想越覺得困惑。厄密斯毀滅哥雷姆國是爲了他，但厄密斯恐怕是料到他會有發生某個悲劇的一天，所以才會這麼做。

換句話說，厄密斯雖然確實毀滅了哥雷姆國，可是他必須找出發生在自己身上的悲劇究竟是什麼，以及始作俑者，那才是關鍵。

於是亞倫意識到了，即使擊倒厄密斯，恐怕也無法迎接幸福快樂的結局。光是站在這裡自然不會有任何進展，他輕嘆一聲，看向他的人類與魔像騎士。

「前往羅格城吧，只有實際去羅格城看看，我們才能找出答案。」

加克點點頭，毫不猶豫地回應：「這一次我不會再離開殿下了，無論您去哪裡，我都會守在您身旁。」

穆恩東張西望，有些焦躁地開口：「那個什麼羅格城也有教堂嗎？那邊的信徒會不會比這裡還怪里怪氣？拜託先給我個心理準備，我已經受夠跟你們這些魔像教信徒打交道了。」

見兩位騎士早就準備跟隨他走到天涯海角的樣子，亞倫的嘴角不禁上揚。

作爲一名虔誠的霍普信徒，不管遭遇什麼困難，他都會坦然面對。只要還有一絲希望，他便會緊抓不放。

「那是當然，羅格城向來是個令人印象深刻的城市。」想起以前在書上讀過的羅格城介紹，亞倫已經開始期待了。「我們走吧。我敢打賭，羅格城絕對會爲我們帶來一場精采的冒險。」

（未完待續）

番外　小倆口的日常

在拿下阿德拉惡魔之前，穆恩本來很希望能有一名強大的魔像入隊。但幾個禮拜後，穆恩就後悔了。

加克簡直就是生來剋他的，這位魔像騎士決定要把他培養成一個合格的騎士後，便對他展開了一連串的教育。好不容易解決阿德拉惡魔，穆恩本想悠哉地在鎮上待一陣子再出發去羅格城，豈料加克替他安排了各式各樣的功課，不僅要求他每天花好幾個小時練劍與寫字，還會不定時抽考，更時刻盯著他的行爲舉止，要是他做出不是騎士該有的舉動，加克就會開始長篇大論地說教，聽得他耳朵都要長繭了。

偏偏他打不贏哥雷姆國最強的魔像騎士，每當他想逃跑時，加克便會拎著他的後領把他抓回來。

自由慣了的穆恩無法接受這種被管得死死的生活，某天晚上，他終於忍不住溜進亞倫的臥房，抓著王子殿下的肩膀崩潰地喊：「我受夠了！你快想想辦法好不好，那個蠢魔像快把我逼瘋了！」

「怎麼了？加克人很好啊。」亞倫憋著笑反問。他早將這一切看在眼裡，也很高興能多一個人和他一起被管，卻偏要裝作毫無所覺。

「他哪裡好！那傢伙天天盯著我讀書練劍，稍微嘲諷其他人幾句他就要念上老半天，誰受得了這個渾身上下都是規矩的騎士，你快利用王子的身分命令他少管我！」

「不可能的，就連我父王都被他念到崩潰過。」亞倫非但不同情，還顫抖著肩膀低笑出聲。「當年父王參加魔紋師資格考核第四次落榜時，加克曾經直白地表示父王沒有這方面的才能，要他別考了。魔像不懂得說謊，只懂得事情如果是錯的就要直言不諱，他會這麼要求你，肯定是眞心看好你，否則他不會願意花這麼多時間在你身上。」

「我不需要他的看好！」

「不然你也可以像我一樣，練就一身躲藏的功夫。」亞倫得意地說。「只要我認眞起來，連加克也找不到我。」

「他當然找不到你了，因爲你連自己在哪裡都不知道。」穆恩覺得這傢伙的建議完全沒有建設性。爲了讓亞倫正經一點想辦法，他威嚇道：「你別一副置身事外的樣子，他再這樣下去，以後我們要耍那些白痴同行或者喝到昏天暗地，都會被他阻止。有他在，我們就無法墮落地過日子。」

這確實是個問題，以前在城堡中亞倫還能習慣被管，可如今他早就跟穆恩逍遙慣了。想到以後不能跟穆恩四處作亂，他終於有了危機意識。

「不然這樣吧，我告訴你加克的弱點，跟我來。」亞倫踏出房門，朝穆恩招了招手，他現在已經能光明正大地在街上走了。有魔像在鎭上巡邏，沒人會找他這個魔紋師麻煩。

「你敢跟我說他的弱點是你，我就立刻跟你拆夥去酒館找其他人組隊。」

「幹麼這樣，我偶爾也會跟你講正經的。」亞倫被逗笑了，他與穆恩並肩走著，其他冒險者看到他們，立刻面露厭惡的表情避開。聚集在阿德拉鎮的冒險者們可恨透這兩個搶走賞金的邪魔歪道了。

穆恩享受著來自同行的瞪視，催促亞倫公布答案。「所以？他的弱點是什麼？我們現在是要去找傳說之劍威脅他嗎？」

「才不是。」亞倫左顧右盼，很快找到了加克的「弱點」。他一手拉住穆恩的衣袖，興奮地指向一處街角。「找到了，就是那個！」

穆恩雙手環胸，與眼前的胖橘貓大眼瞪小眼。

這隻從小被好幾位店主伺候著長大的流浪貓完全不怕人，牠懶洋洋地趴在店家戶外的用餐桌上，還在亞倫與穆恩的注視下打了個大呵欠。

「那個怪物騎士喜歡貓？」穆恩一時無法把這隻胖貓跟加克的弱點連結起來。

「正確來說，加克喜歡毛茸茸的小動物。」亞倫很早就發現這點了，在他年幼時，加克經常找藉口摸他柔軟的髮絲，他一開始還以為是自己特別受加克喜愛，後來才知道，只要是毛茸茸的生物都能得到加克的青睞。

「他可以整天站在花園裡一動也不動，就為了等小動物們降低戒心，主動接近。」以前不只一位士兵曾看見加克手上捧著鳥飼料，化為一具不會動的鎧甲待在花園一整天。「你只要派一隻小動物去纏他，包準他脫不開身。」

說完，亞倫伸手想去摸胖橘貓，然而橘貓卻猛然彈起，渾身炸毛，充滿敵意地對他哈氣。

穆恩沒良心地大笑出聲。「動物果然敏銳，牠一眼就看出你不是什麼好東西。」他一邊把手伸過去，一邊對亞倫說：「摸貓可是有技巧的，你要先讓牠聞你的味道，然後──」

他話才說到一半，橘貓便激動地「喵」了一聲，一爪撓向穆恩，硬生生在手背上抓出一道血痕。穆恩還來不及反應，胖橘貓已經屁股對著他們，一溜煙跑得不見蹤影了。

兩人沉默了下，最後是亞倫率先笑出聲。

「牠一眼就看出你是特別不好的東西。」亞倫笑得渾身顫抖，眼淚都快流出來了，自從跟穆恩一起旅行後，他便越發沒有形象。

「你笑屁，我們再去找十隻貓實驗，我就不信我比你這個怪物還沒動物緣！」

「我們不是要抓一隻小動物去誘惑加克嗎？你找一隻貓就被抓成這樣，找十隻貓還得了。」亞倫笑歸笑，仍不忘抽出手帕幫穆恩包紮，當他執起穆恩的手時，纏繞在穆恩手臂上的繃帶跟著映入眼簾。

雖然他們順利從厄密斯手下逃脫，但穆恩是他們之中傷得最重的，那時穆恩為了救他，奮不顧身地掙脫緊纏住身軀的荊棘，手臂上也因此留下數道傷口。

「你下次別這麼拚命，你的體質不像我們那麼特殊，這些傷口會在你身上遺留痕跡的。」亞倫用手帕牢牢打了個結，一回想起厄密斯眼中的恨意，他就無法安心。「那個人對你的敵意很深，以後盡可能不要與他起衝突。」

「活在這世上不可能不與人起衝突的。」穆恩收回手，點了點亞倫的額頭。「都跟我組隊一陣子了，你怎麼還這麼天眞？算了，下次再遇到那傢伙，你就乖乖當你的人質就好。」

雖然他不明白厄密斯爲何如此執著於亞倫，可是他不想這麼輕易放手。

他想要亞倫陪他一起沉淪，一無所有也好，被人厭惡也好，只要與他同樣一無所有的王子殿下在他身旁，他就甘願繼續過這種日子。

所以下次再遇見厄密斯，他一樣不會坐以待斃。

「走吧，回去了。」

「現在回家可能會被加克逮住喔，你確定？」

「你的方法一點也不管用，我們兩個都被小動物討厭，怎麼可能抓得到小動物去誘惑加克。」

「眞拿你沒辦法，只好我自己出馬誘惑他了……」

「你少往自己臉上貼金，他早就看穿我們的伎倆了，你上次的聲東擊西戰術根本沒奏效，你知道我事後被念了多久嗎？」

穆恩明明是在抱怨，亞倫卻聽得十分開心，心裡彷彿被什麼塡滿了一樣，令他相當滿足。他從小就希望能有個人可以與他一起念書玩耍，一同分享開心的事，犯了錯也一塊被罵。

他的童年什麼都不缺，唯一想要的就只有這樣的人而已。在一百多年後，他終於等到了。

「沒關係的，不管是被加克念到耳朵長繭，還是被你的那些同行討厭，我們都一起面對。」他抓緊了自家隊友的手，臉上綻開燦爛的笑容。

「因爲我們是夥伴啊。」

後記　左右都是恐怖情人的溫馨故事

大家好，野生的羊駝又出現在後記啦！

不曉得大家看到這一集的序章時，頭上有沒有冒出驚嘆號，在第一集中，哥雷姆國滅國的眞相只是冰山一角，眞正導致滅亡的原因絕對比亞倫想像的要複雜許多，也歡迎大家在我的社群網站留言說說自己的猜測！亞倫、穆恩、厄密斯究竟誰才是這個故事的反派，就留待大家自己去定義了。

在寫這一集的時候，我一直很想吐槽……那個，阿德拉副本的BOSS應該不難解決吧？憑你們的實力明明不難拿下，爲什麼會搞得這麼艱辛？其實第二集前半段就該逮住阿德拉惡魔了，結果一個人品不好，一個職業選得不好，兩個互相扯後腿搞得怪溜了、還樹立一堆敵人，硬是把普通等級的任務玩成噩夢級，讓我邊寫邊搖頭。

事實證明，這兩人還是需要別人來管管，所以魔像家長入隊了。加克已經準備好要把兩個不聽話的小孩好好教育一番了，不然再放任這兩人亂搞下去，泰歐斯就要崩潰了。順帶一提，目前在泰歐斯小隊眼裡，亞倫的隊伍是非常奇妙的組合，一邊是風流多情的貴公子，一邊是卑鄙下流的騎士，無論是哪邊都令泰歐斯深深覺得自己的後宮受到威脅。

之前有讀者提過，如果亞倫跟穆恩缺錢，非常適合讓一個上街色誘目標帶到暗巷，一個則躲在暗巷裡負責威脅討錢，看得我深有同感，這兩人很可能會幹出這種事……我都不想講他們在這集惹了多少麻煩。

說起來，以往我寫過的主角思考都很正向積極，然而這次的主角群心理狀況實在都不太健康，尤其是穆恩，他算是我寫過最扭曲的主角了。穆恩並不樂觀，也不見得期望獲得幸福，雖然他說過想要地位，心底卻不認爲自己可以打入權貴的世界。比起陌生的未來，他更情願拉著亞倫繼續在他熟悉的世界裡沉淪。

他就是個十分麻煩的人，不過他的想法已經有慢慢在轉變了，而加克的性格雖然與他全然相反，卻是穆恩的好基友，下一集大家就能明白我爲何這麼說了。XD

另外，故事中有個橋段我個人滿喜歡，就是後面亞倫與穆恩一起喝酒時，分別假裝成人質和綁架犯對話的戲碼，他們戲很多特別愛演。兩人都有點拉不下臉來說眞心話，但他們會用自己的方法表達，像是藉由「對戲」或喝酒時，告訴對方自己眞正的想法。表面上看似在胡說八道，其實他們多少能聽出彼此哪些是眞話哪些是假話，例如亞倫透過對戲感受到穆恩自卑的一面，所以他眞誠地告訴穆恩自己會怎麼做，而對戲結束後，他們一副剛才都在唬爛的樣子，事實上也都有把對方的話聽進去。

也因爲發展順利，兩人才能成功完成交換戒指的成就。（灑花）

最後，關於厄密斯的事，相信大家已經看出來，他有可能是來自（嗶——）的人，因此他說的話很有可能都是……嗯，你們懂的。

只能說目前的厄密斯非常像恐怖情人，一下搞監禁一下搞綁架，還固執地認爲自己是對的，不管他說的話是不是眞的，亞倫都要被嚇死了。但可以確定的是，厄密斯眼中只有王子，他是個跟穆恩不太一樣的偏執角色，不曉得大家喜不喜歡？XD

無論如何，王子殿下可說是我至今寫過立場最危險的金毛了，騎士跟魔法師都是恐怖情人，性格都有些扭曲偏激，要是沒處理好就極有可能走向壞結局。不過主線最終還是會以好結局收場，還請大家放心。

草草泥

國家圖書館出版品預行編目資料

妖孽王子的救國日常. 2, 跨越百年的約定 / 草草泥著. -- 初版. -- 臺北市；城邦原創出版：家庭傳媒城邦分公司發行, 2020.05
面； 公分

ISBN 978-986-98907-3-1（平裝）

863.57 109006398

妖孽王子的救國日常 02
跨越百年的約定

作　　者／草草泥
企畫選書／楊馥蔓
責任編輯／陳思涵

行銷業務／林政杰
總 編 輯／楊馥蔓
總 經 理／伍文翠
發 行 人／何飛鵬
法律顧問／元禾法律事務所　王子文律師
出　　版／城邦原創股份有限公司
台北市中山區民生東路二段 141 號 6 樓
電話：(02) 2509-5506　傳眞：(02) 2500-1933
E-mail：service@popo.tw
發　　行／英屬蓋曼群島商家庭傳媒股份有限公司城邦分公司
聯絡地址：台北市中山區民生東路二段 141 號 11 樓
書虫客服服務專線：(02) 25007718 · (02) 25007719
24小時傳眞服務：(02) 25001990 · (02) 25001991
服務時間：週一至週五09:30-12:00 · 13:30-17:00
郵撥帳號：19863813　戶名：書虫股份有限公司
讀者服務信箱 email：service@readingclub.com.tw
城邦讀書花園網址：www.cite.com.tw
香港發行所／城邦（香港）出版集團有限公司
地址：香港灣仔駱克道 193 號東超商業中心 1 樓
email：hkcite@biznetvigator.com
電話：(852)25086231　傳眞：(852) 25789337
馬新發行所／城邦（馬新）出版集團 Cité(M)Sdn. Bhd.
41, Jalan Radin Anum, Bandar Baru Sri Petaling,
57000 Kuala Lumpur, Malaysia.
電話：(603) 90563833　傳眞：(603) 90576622
email:services@cite.my

封面插畫／喵四郎
封面設計／蔡佩紋
印　　刷／漾格科技股份有限公司
電腦排版／陳瑜安
經 銷 商／聯合發行股份有限公司
客服專線：(02)2917-8022　傳眞：(02)2911-0053

■ 2020 年 5 月初版
■ 2023 年 3 月初版 1.3 刷
Printed in Taiwan

定價／250元

ISBN 978-986-98907-3-1